献给所有热爱和平的人！

克罗地亚枪声

GUNSHOT IN CROATIA

蒋霞萍　著

中国政法大学出版社

—2023·北京—

主要人物表

Dr.Lee（李昌钰）

华裔科学家 现代福尔摩斯
（三剑客之一）

Baden Michael（麦克·巴顿）

法裔科学家 人类组织解剖法
医（三剑客之一）

Cyril Wecht（魏区·赛诺）

德裔科学家 病理法医（三剑
客之一）

Barbara C. Wolf（芭芭拉·沃
尔夫）

英裔科学家 病理学家
奥尔巴尼郡首席验尸官

Michael F. Rieders（迈考尔）

毒物检测专家

Dragan（阿格隆）

克罗地亚遗传学博士 DNA 专业

Tim（蒂姆）

康州警政厅刑警小队长

Tracy（希瑞）

美国 ABC 广播公司女记者

席缪·安德里洛维克

克罗地亚总统代表 克罗地亚医
学中心法医病理学教授
阿格隆的老师

芭芭拉·布什

美国（老）布什总统夫人

伊万妮卡

克罗地亚记者（阿格隆的未婚妻）

伊万妮卡·乌阿提库校长夫妇

伊万妮卡的父母

时间：1998 年 10 月

地点：巴尔干半岛

目录

___

序言

　　安静阴沉的夜晚，大地沉睡着，一弯残月无力地挂在冷清的天空。

　　同样冷清的是村庄寂静无声的街道，几片树叶被风吹着，划着硬硬的地面，发出轻微的沙沙声，和偶尔一两声狗的吠叫声给四周增加了一些生气。这是一个城市边缘的村庄，一栋栋农舍尖尖的屋顶和远处古老欧式的别墅楼房在月光下呈现着朦胧的剪影，又像是一幅幅时隐时现的幻影，给人一种极不真实的感觉。更加遥远的地方是和天空连在一起的起伏的山峦。电早就没有了，偶尔从农舍的窗户缝里透出一丝丝微弱的蜡烛光，很快又熄灭了。

　　一堆厚厚的乌云遮住了残月，远处的城市、山峦，近处的村庄瞬间被黑暗吞没了。

　　突然一阵机动车的轰鸣打破了沉寂，机动车头上强烈的灯光刺破了村庄的夜幕，整个村庄立刻裸露在灯光下。一队队塞族士兵荷枪冲向各家各户，"呼呼呼"的砸门声此起彼伏。很快，一千几百户人家的男女老幼统统被赶出了家门。男性，无论是成年人还是孩子，被刺刀逼着上了一辆辆卡车，立刻消失在黑暗中，妇女儿童被向村庄外驱赶着。从一座农舍里传出了一声女性的尖叫声，一个赤身裸体的女人披头散发地冲出了家门，后面紧跟着一个塞族军官。他一手提着裤子，一手从腰间拔出手枪指向奔跑的妇女。一条狗从黑暗中冲了出来，飞腾起身体一口咬住了军官握枪的手。恼羞成怒的军官嚎叫着冲着手下一挥手，顿时，刺刀砍刀挥向了妇女、儿童。

　　……

村庄又恢复了寂静，这是一种死一样的沉寂。树叶被地上的血黏住不动了，偶尔从村庄外传来一两声狗叫，声音里充满了凄惨。

只有风依然从村庄里一阵阵吹过，带着一股浓浓的血腥味。

任何关注 20 世纪 90 年代波斯尼亚和克罗地亚局势的人，一定都不会对发生在同一时期的科索沃暴行感到陌生。

克罗地亚共和国向联合国安理会报告说，有超过数万民众在科索沃惨遭杀害，分别被埋葬在了多个不同的地方。但还将有更多的受害者被纳入这场人类大屠杀的范围。

大部分的百姓都是在自己居住的城镇或乡村中被杀。多少年来，他们在那里安居乐业，与身边的斯拉夫人和谐共处，一起上学，一起玩乐，有的甚至还相互通婚。昔日的静谧和欢愉在一夜之间被血海深仇取代。因此自 70 多年前的纽伦堡审判以来，将科索沃战争中的战争犯绳之以法的呼声之高，是前所未有的。

也有官员称，与其行动，不如选择遗忘——因为进一步的调查只会让局势变得更加紧张。但是，另外一种观点则认为，彻查巴尔干半岛暴行的真相是非常必要的，一方面是为了寻求公平正义，另一方面则是为了创造恒久的和平。联合国持后一种观点，他们认为，如果不能为受害者主持正义，那么复仇的欲望在日后必定会演变成为另外一场战争。对科索沃惨遭杀害的人员死因展开调查，是对历史负责，是对冤屈的死者应尽的义务。因此"万人冢"的挖掘工作具有非常重要的意义。

01

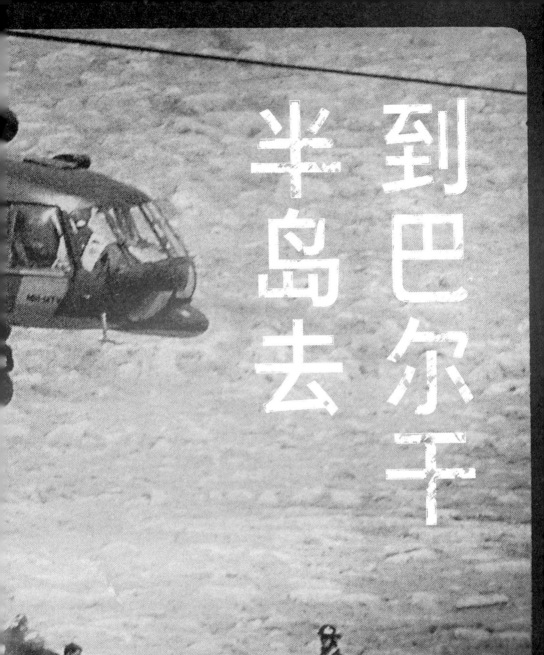

到巴尔干半岛去

1

　　从眼睛看到警车前牌照上的"1"字号码，到耳朵听到刺耳的刹车声，再到副驾驶的车门打开，这一气呵成的动作不会超过30秒。几乎是下意识，康州警政厅刑警小队长蒂姆（Tim）知道，康州警政厅长，人称"现场之王""现代福尔摩斯"的Dr.Lee来了。同时他还知道，开车的司机一定是迈克斯（Max）。

　　"这个幸运的家伙！"这是蒂姆对迈克斯的称呼。

　　不仅仅是蒂姆，几乎所有的人都这样叫他。因为并不是每一个警察都有机会这样近距离地和"神探"在一起。当然，蒂姆也有些嫉妒能把车开得如此神速的迈克斯。他希望有朝一日自己也能够近距离在Dr.Lee身边，哪怕只是坐在迈克斯现在的位置，握着方向盘也行，他一定也能为Dr.Lee把车开成这样。为了这一天，他还真认真练习过，包括非常有难度的开车技术。但是后来他打听出来，迈克斯那家伙年轻身体棒棒的，据说现在还学着Dr.Lee开始吃米饭，喝起中国茶了。看来想接迈克斯的班是遥遥无期了。

如果是州警政厅其他长官到现场，也许会有探员或警察以最快的速度冲到车门前拉开车门，但来的是 Dr.Lee，所有的警察都知道没有这个机会，也没有这个可能。因为刹车声还没有完全消失、车还尚未完全停稳，车门便已经打开，有一只脚已经伸出车门踩到地上。随即，身穿浅卡其色"伦敦雾"风衣，架着墨镜的 Dr.Lee 跨出了警车。蒂姆还知道，跨出了警车的 Dr.Lee，并不会马上关车门离开，而是会左手扶着车门，转过头向后看去。

仿佛是被他的目光召唤，四辆警车呼啸而至，齐齐地一字排开停在 1 号车的后面。四辆警车的驾驶室门同时打开，从每一辆车里都跨出一个人来。

Dr.Lee 仿佛只是为了看他们一眼，因为他并不等他们跟上，就回转身随手关上车门，大步向案发现场走来。

转身、迈步，Dr.Lee 随身带起了一阵风，"伦敦雾"长款风衣被风扬起了右襟，露出了腰间的配枪。

当然，通常蒂姆根本来不及想这么多，他只是会把 1 米 9

几的身体向上挺了又挺，把眼镜扶正。他希望 Dr.Lee 能在一排警察中第一时间看到他。因为一旦到了现场，Dr.Lee 便立刻会在被害人旁边来一个"中国蹲"。以他的经验，那个角度 Dr.Lee 的眼睛里只能看到被害人。除非他"有幸"在重建现场中扮演死者，躺在 Dr.Lee 眼前，否则他很难被注意到。

蒂姆出生在一个富有的家庭，也是一个非常聪明的孩子。像所有的美国男孩一样，他从小就有一个英雄梦。他特别崇拜巴顿将军，就连巴顿那条丑了吧唧的狗他都喜欢。高中毕业他报考了西点军校，成绩是没有问题的，"国会议员推荐"对他的家庭来说也不是什么难事，如果按照这样的人生设计走下去，蒂姆即使成不了巴顿将军，至少也会是一个陆军高级军官。

问题出在蒂姆在西点军校的最后一年。

那年，学校为即将走出校门的毕业生组织了一场演讲，邀请的是有"现代福尔摩斯"之称的康州警政厅实验室主任 Dr.Lee。残忍血腥的杀人现场，神秘莫测的案发原因，魔高一尺、道高一丈的破案思维，让蒂姆的英雄梦立刻落地生根了。他觉得这个中等个子，走路飞快，右腮上长着一颗痣的中国人，才是自己心目中真正的英雄。

蒂姆觉得自己应该去当神探，而不是陆军军官。毕业后，他只能先按照原计划，挂着少尉军衔到了军队，但他心里时时刻刻想着的是那个中国神探。终于有一天，蒂姆找到了离开军队的办法，到 Dr.Lee 所在州的警政厅做了一名探员，又经过几年的努力，升任了刑警小队长。

那时候，Dr.Lee 已经被任命为康州警政厅厅长了。

康州有大大小小130个城市，州警政厅只有一个警政厅长。只有发生了州内大案或跨国案件，厅长才会出现。而且，随厅长而来的还有康州警政厅的重案小组。

据说，在康州警政厅当了23年实验室主任的 Dr.Lee，是被州长软磨硬泡才答应出任警政厅长的。而且 Dr.Lee 当厅长还有几个条件：继续兼实验室主任；继续可以处理世界各地的重要案件；继续在纽海文大学授课。前两个条件，州长都痛快地答应了，只是最后那个条件，州长于"在纽海文大学授课"前加了"偶尔"两个字。

就是这个"偶尔"，让蒂姆知道自己的机会来了。尽管心急，但蒂姆还是很清醒，他知道，仅凭自己现在的身份，实现不了到 Dr.Lee 身边工作的梦想。于是，他重新规划了自己的学习计划，第一件事就是到纽海文大学念学位，这样，他只要在下

学期考上硕士，就有机会听 Dr.Lee 的课，当他的学生。到那时，就该迈克斯羡慕他了。

其实，蒂姆之所以这么规划，也是因为他对 Dr.Lee 的了解。身为大学教授，Dr.Lee 非常明白，警察队伍的素质和办案能力跟受教育程度成正比。所以，还在当实验室主任的时候，Dr.Lee 就用自己的办案所得设立了奖学金，鼓励实验室的警察继续学习。后来出任了警政厅长，他把奖学金的范围扩大了。所有警察，只要利用业余时间上学拿学位，都可以获得奖学金，甚至报销学费。

而 Dr.Lee 自己，无论是做实验室主任还是当厅长，都坚持用休息时间回学校授课。遇有重大案件就亲自到现场、到实验室检查物证。

但奇怪的是，今天 Dr.Lee 没有像往常那样等重案小组出现，而是下了车直接关上车门，就向现场走来，身上也没有穿那件"伦敦雾"风衣。而且，1 号车也没熄火，Dr.Lee 一下车，迈克斯就立刻调转车头，把车开走了。

仿佛是满怀希望地去看一场期待已久的电影，却发现最精彩的桥段被剪辑了一样，蒂姆有些失望，又有一些摸不着头脑。

他看了看身边的同伴，发现他们似乎也有同样的疑问。但是，他们没有时间多想，Dr.Lee 和后面赶到的重案组探员就已经到了现场。Dr.Lee 耐心听了发现尸体的警察的报告，问了一些细节问题。但是，他没有像往常那样进一步分析案情，而是只安排了一下重案组人员的具体工作，就站起身向海边走去。

一切都是那么非同寻常。

蒂姆终于忍不住了，悄悄地问旁边的搭档："Dr.Lee 今天怎么了？一定有什么重大的事情发生了。"

还没等同伴回答，他就看见 Dr.Lee 从海边回过头来，向现场方向招了招手。因为看不出他到底在叫谁，所有人都你看看我，我看看你，拿不准该不该过去。

Dr.Lee 似乎觉察到大家的为难，微笑着伸出手向蒂姆示意了一下。

蒂姆的心几乎停止了跳动，不敢相信地用手指着自己的鼻子："Dr.Lee，你真的是叫我吗？"

Dr.Lee 微笑地点了点头。

蒂姆立刻飞一般跑到 Dr.Lee 的身边刹住脚，眼睛看着 Dr.Lee，立正、挺胸、收腹、双脚并拢、敬礼！这些动作自从蒂姆踏进西点军校以后一直都在做，但今天他觉得做得特别有

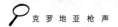

意义。

Dr.Lee 回了礼，然后敬礼的手顺势指向了海面，边示意蒂姆放松边说："你能看多远？听到什么声音了吗？"

远处，一艘白色的邮轮正以令人感觉不到的速度，缓缓在海面上移动。

蒂姆突然想起，他们刚刚到现场时，那艘邮轮的位置还没有那么远，看上去也比现在要大得多，而现在它差不多要从视线里消失了。

"哦，我的视力不太好，但是听力很好！"蒂姆还是有些紧张，他以为 Dr.Lee 要考他能不能看到邮轮上的什么东西。

"这和视力没关系"，Dr.Lee 对着蒂姆温和地笑了笑，眼前的年轻人思维不拐弯，显然是最简单直接地理解着自己的意思。"视力再好我们在这里也看不到巴尔干半岛，听力再好我们也不能听到波斯尼亚和克罗地亚的枪声。"

Dr.Lee 显然沉浸在自己的思绪中，他并没有等蒂姆回答，而是眼睛看着远方，声音沉重地继续说："你知道不知道克罗地亚正在或者曾经发生了什么？"

"这个……我知道一些，但不知道您要问哪一方面的问题？"

"没有关系，我也不全部知道，或者知道得不十分清楚。所以正准备去了解。"Dr.Lee 最后一句话说得有些犹豫。说之前，他甚至专注地看了蒂姆一会儿，似乎思考着说还是不说，最终他还是说了出来。

"厅长要去巴尔干半岛？那里战争刚刚结束，听说环境还非常糟糕，我是说非常不安全。"听到这个消息蒂姆显然太意外了，他担心 Dr.Lee 的人身安全。

Dr.Lee 回避了蒂姆的问题，话锋一转："我知道，这几年你把业余时间都交给了纽海文大学法学院的课堂，你在重新规划自己的人生。你非常用心。"

"你知道我？"Dr.Lee 居然知道自己，蒂姆的惊喜溢于言表。

"西点军校毕业，家里条件又那么好，你其实可以不必这么吃苦的。但是我理解你。"Dr.Lee 点点头，看着蒂姆的眼睛说："年轻人，我很喜欢你的努力，也很羡慕你。你们今天干警察是为了理想，你知道当年我为什么要去考警察学院，要去当警察的吗？"

"为民除害，为大众服务！"

"那是你们现在的理想和责任。"Dr.Lee 说，"我很小

父亲就去世了，家境实在很困难，已经长大成人的哥哥姐姐们出力帮助母亲，才培养我们几个弟弟妹妹上了学。我在中国台湾地区念完了初中、高中，成绩很好。大专联考我考上了海洋学院，想着毕业了是要当船长的。我的四哥是海洋学院毕业的，已经当了船长，每个月都把足额薪金交给母亲当全家人的生活费，还经常带一些很稀罕的洋货回家。我母亲希望我也学四哥。但是海洋学院的学费很贵啊，而警察学院是不需要学费的。我不愿意再成为家里的负担，所以，在海洋学院免费试读了一个星期以后，又去考了警察学院。如果当年我读了海洋学院，也许会是那艘邮轮上的船长。"Dr.Lee 说着，手又指向了海面。

但是海面上，那艘邮轮已经没有了任何踪影。

关于 Dr.Lee 的经历，蒂姆了解了不少，但亲耳听 Dr.Lee 讲，他想都没想过，尤其是单独跟他一个人讲。但看 Dr.Lee 的神情，又觉得他有些说不出的担忧，所以蒂姆说："我学得很慢，在西点军校和军中还待了一阵子，浪费了一些时间。如果我从一开始就念法学院，我想我现在一定已经是一个非常好的警察了。"

"不怕慢，只要努力总会成功。就像那邮轮，你看我们现在还能看得见它吗？"

他们沿着海边向前走，蒂姆侧着身子走在 Dr.Lee 身边。

"西点军校的学习、军队的历练都是非常难得的经历，这些经历就是你的财富。你现在比我当年到美国还年轻。当年我从警官学校毕业，是中国台湾地区最年轻的警官。结婚以后，我和太太去了她的祖国马来西亚，当了两年记者。到美国以后又从本科念起，读'生命科学'，这时候就不是最年轻的学生了。我拿到博士学位的时候已经 30 多岁了。"Dr.Lee 对眼前年轻人的印象越来越好。

不料，蒂姆却忽然刷地一个立正，大声说："谢谢长官教诲！我会记住你今天对我说的每一句话，每一个字！"

"干我们这一行需要热情，需要勇气，需要经验，更需要知识。你看看那些躺在海滩上的尸体……"Dr.Lee 转身指了指案发现场。"我们让证据说话，为死人说话，还生者清白。如果你真有兴趣，干我们这行……"Dr.Lee 没有把话说完又开始迈出了脚步。

蒂姆赶紧跟上，说："我有兴趣，我会努力的！从我听你演讲的那一刻起，我就知道我这一辈子选择了你，会永远追随你的！"蒂姆说的是真心话。如果说 Dr.Lee 当年的那场演讲改变了他的人生理想，那么今天，Dr.Lee 的这一番话就是给

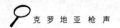

他的理想插上了翅膀。

"你不是选择了我，你是选择了科学，选择了法庭科学。你也不仅仅是追随我，而是我们一起追随正义，让正义有说话的地方。"说这话，Dr.Lee 和蒂姆已经回到了现场。

身后传来刹车声，是迈克斯驾驶着 1 号车回来了。

Dr.Lee 对蒂姆说："好了，你快回到你的岗位上去吧。即使以后在一起工作，也不一定有时间说这么多话。好好学习，祝你成功。"然后，Dr.Lee 向重案组的成员，还有这个警政厅的警察挥了挥手，就上车走了。

Dr.Lee 的车刚一转弯，所有的人马上就围住了蒂姆。

"嗨，伙计，你今天要请客了！"

"是啊，Dr.Lee 和你说了那么多话。"

"厅长和你说什么了？是说这个案件吗？"

"你是不是以前就认识 Dr.Lee？你真幸运！"

蒂姆摇摇头，看着刚刚远去的康州警政厅 1 号车，心事重重地说："你们不要传出去，Dr.Lee，要去巴尔干半岛了！"

▲ Dr.Lee 在案发现场

02

联合国的委托

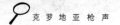

　　康州警政厅设在州中城（Middle Town）I-91 号高速公路旁。I-91 号高速公路是美国境内连接各州的主要高速公路，很久以前，在 Middle Town 远比 I-91 号公路出名的是这里的 15 号公路。原因是 15 号公路两旁，有不少为长途卡车司机提供色情服务的旅馆。

　　但是从 1978 年开始，情况就不一样了，因为设在 I-91 号公路旁的康州警政厅成了世界警察的朝拜中心。这一切的发生，是因为警政厅实验中心来了一位神奇的中国人，他侦破了一桩桩奇案。至于这个中国人是什么模样，各种各样的传说都有。曾经有人想用文字来描述他的长相，但似乎都不那么准确，只说最醒目的是他右脸的鼻翼旁有一颗痣，身上散发着英武的气息。

　　在众多人高马大的美国警察当中，这张中国人的脸会一眼被认出来。世界各地的媒体、各种报刊用各种方法报道这个中国人，还有很多机构开始研究他的来历。人们开始知道，这个中国博士是 1975 年到当时还名不经传的纽海文大学的，两年后，纽海文大学的鉴定学院开始无偿协助警察机关做案件的人体鉴定项目，这位博士会自己出庭说明鉴定结果。他擅长用证据说话，为维护正义据理力争。很快，他无可挑剔的鉴定结果，一流的口才，就得到了辩控双方信任。不久，学校开始频繁地有警车出入。知情人才知道，当时的州警政厅鉴定中心设备实在太陈旧了，他们不得不把一些重要案件的物证鉴定直接拿到学院的实验中心来做。1978 年，当时的警政厅长慧眼识珠，力邀这位博士到警政厅的实验室工作；一年后，他被任命为实验室主任。20 多年过去了，这个当时在全美 50 个州 49 个州警政厅中并不出名的警政厅，因为这个实验室、因为这个中国人而世界闻名。

这个中国人就是 Dr.Lee，中文名字叫李昌钰。当然，现在几乎已经没有人直呼他的中国姓氏了，而是叫他 Dr.Lee（李博士）。

很快，Dr.Lee 就成了康州警政厅的名片，各界人士争相拜访。

1998年10月的一天，克罗地亚共和国科学、教育和体育部部长阿格隆（Dragan）博士敲响了Dr.Lee办公室的门。在举起手敲门的一刹那，阿格隆发现自己的手居然有些发抖。

他回想起第一次来到这里的情景。

那是十年前，也是十月，阿格隆刚刚大学毕业，他带着仰慕的心情，经过多方努力，争取到了来美国康州警政厅实验室学习的机会，这是一个几乎不可能实现的目标，是所有法庭科学学子的梦想。他的同学、他心中理想的未婚妻伊万妮卡·乌阿提库坚持要和他一起来拜见心目中的偶像。那时候伊万妮卡也还是新闻学院的学生。他们就在这四周一块块绿草坪的斜坡上见到了心目中的偶像。Dr.Lee仔细地询问着他的情况，而伊万妮卡，则激动地把双手捧在胸前，在一旁认真倾听他和Dr.Lee的谈话。告别的时候她才怯生生地，红着脸拿出早已准备好的照相机问Dr.Lee："我可以为你们拍一张合影吗？"得到了Dr.Lee的同意，伊万妮卡选好了角度为他们拍了照片，就在伊万妮卡准备将照相机收起来时，Dr.Lee微笑着问："你要不要和我们一起照相？"

"我……可以吗？"伊万妮卡的脸更红了，不敢相信地看看Dr.Lee又看看阿格隆。

"当然可以，如果美丽的伊万妮卡希望的话。"Dr.Lee 的脸上满满的慈父般的笑容。

阿格隆深深地为 Dr.Lee 的体贴入微而感动。确实在他们国家，有些民族的女性是不能和陌生男子拍照片的。那天他们三个人背对着一片葱绿的树林，在散发着青草香味的山坡上留下了美丽的瞬间。那天当 Dr.Lee 知道伊万妮卡很快就要毕业当记者了，还特别请他们去他的办公室喝了茶。Dr.Lee 一边给他们倒茶，一边介绍他们喝的是中国的乌龙茶。见伊万妮卡喜欢，临走时，Dr.Lee 还让秘书包了一小包茶叶给伊万妮卡带着。那一次幸福的经历，让他和伊万妮卡久久难以忘怀，也是他们永久的话题。

而那一切仿佛就在昨天。

同样是来拜访老师，阿格隆今天的心情却沉重得无以言表。不只是为伊万妮卡忧心如焚，还因为他想要进行的工作难以为继，急需老师的支持，而因为事关重大，老师到底会是什么态度，他心里没底。

"Come in，Please！阿格隆，我知道是你来啦！"

听到这熟悉的声音，阿格隆的鼻子突然有些发酸，一股热

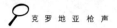

流在心里翻腾了一下，眼睛立刻蒙上了一些泪光。

"我这是怎么了？"阿格隆的心颤抖了一下，"也许情况没有我想得那么糟呢。"他稳定一下情绪，推门走进 Dr.Lee 的办公室。

站在离开了十年之久的 Dr.Lee 面前，看着老师脸上一如既往的温暖的笑容，阿格隆忍住情绪的波澜，跟老师打招呼："教授，谢谢您抽时间见我，我知道您太忙了。"

Dr.Lee 看出来阿格隆的激动，语气里也满是亲切："你怎么这么客气起来了？老师任何时候都欢迎你来。"然后微笑着，神态安详宽厚，指了指桌子上已经泡好的茶："喝茶吧！知道你要来，我今天特地从家里带了乌龙。"语句简练，甚至省掉了"茶"字只说"乌龙"，是一种默契，只有他们师生懂。

"谢谢，谢谢老师！一直想着老师的中国乌龙茶香，做梦都想。"阿格隆伸手端起了青花瓷茶杯，放在鼻子下，先闭着眼睛深深地嗅了一下。虽然这么说着，但是阿格隆并没有马上喝，而是轻轻地把茶杯放下，拿出一个文件夹，双手放在 Dr.Lee 面前说："老师，我们拿到联合国的批准文件了。这次一定请老师出山，而且还希望老师出面邀请麦克·巴顿博士（Dr.Baden Michael）和魏区·赛诺博士（Dr.Cyril Wecht）

一起去。"

阿格隆说的麦克·巴顿博士和魏区·赛诺博士，也是法医学界知名的专家，他们和 Dr.Lee 一起，被称为"三剑客"。

Dr.Lee 拿起文件夹，抬起头深深地看了一眼自己这名来自克罗地亚的学生。

阿格隆是典型的克罗地亚人，高挺的鼻梁、深凹的眼眶、白皙的皮肤、黑黑的头发。今天虽然西服领带，正襟危坐，但仍然掩不住他身上特有的军人气质。阿格隆是博士，但同时又是特战部队的战士，而且是空手道四段。Dr.Lee 在警官学校时也是武术队的，而且是武术队中成绩最好的队员，虽然当时他年纪最轻。所以，他对有文化修养的习武之人有一种发自内心的喜爱。"静如处子，动如脱兔"，这是蕴藏在他骨子里的中华文化"文武双全"。

他清楚地记得，第一次见阿格隆就发现这是一个聪明勤奋、充满活力而又雄心勃勃的年轻人，有朝一日，他一定会成为克罗地亚法庭科学方面的领军人物。果不其然，获得人类遗传学博士学位后，阿格隆便回到了祖国克罗地亚，很快就被任命为科学、教育和体育部的部长，任职期间他勤勤恳恳、兢兢

业业。Dr.Lee 的学生遍布世界各地，阿格隆是值得 Dr.Lee 骄傲的一个。

见 Dr.Lee 打量自己，阿格隆不由得挺直了背，脸庞上流露出一种刚毅的神情，迎上了 Dr.Lee 的目光。

Dr.Lee 若有所思地点点头，开始翻看文件。"功夫不负有心人。阿格隆，你这几个月的辛苦终于有结果了。之前我还看到了你修改以后发给联合国的资料。是啊，要想把战犯送上海牙国际法庭，仅凭你一个人的努力和新闻报道的内容是远远不够的，需要证据。而且，不是某一方面的证据。这些证据的收集和取得是一项非常浩大的工程，不仅需要大量的人力、物力、财力，有的还需要联合国的同意，要他们出面组织国际调查。"

Dr.Lee 合上文件夹，但是没有放下，他用一只手端起茶杯喝了一口又接着说："尤其是你还希望麦克·巴顿博士、魏区·赛诺博士和我一起参加这一次的调查活动。要知道，我们三个人虽然经常合作，但同时出现在一个充满危险的现场的情况为数不多。"

听老师这么说，阿格隆有些紧张，不知道怎么接老师的话。的确，克罗地亚目前虽然大部分地区已经停战，但局部地区的战事仍然在进行。有些地方还被武装力量占领着。尤其是他们要去工作的地方，不但要经过塞尔维亚武装力量占领的地盘，而且离其他武装力量也很近。

屋子里一阵沉默，有一些话师生二人都不愿意明说。窗外一阵风吹过，树梢发出了沙沙的响声。十月的康州，天渐渐地凉了。

其实，从南斯拉夫发生内战以来，Dr.Lee 就十分关注克罗地亚地区发生的一系列事件，关注事态的发展。而且，原本他对南斯拉夫的历史就不陌生。

公元 6 世纪，斯拉夫人开始成群结队地从现在的俄罗斯和南波兰向巴尔干半岛迁徙。这个半岛地处亚德里亚海和黑海之间，从匈牙利一直延伸至希腊，因为位于欧洲东南面，被称作南斯拉夫。随后，各族人马迅速圈地为王。塞尔维亚人成立了塞尔维亚国，克罗地亚人创建了克罗地亚国，斯洛伐克人建立了斯洛文尼亚国。但到了 1400 年，外族入侵，几乎占领了他们所有的土地。奥斯曼帝国（今天的土耳其）吞并了塞尔维亚，匈牙利统治了克罗地亚，奥地利兼并了斯洛文尼亚……当时，奥斯曼帝国还一并把波斯尼亚和黑塞哥维那纳入了版图。

天下事合久必分，分久必合。多年以后，斯拉夫统一行动拉开了序幕，1929年，地球上出现了一个以"南斯拉夫王国"命名的国家。

南斯拉夫国家是建立在奥匈帝国基础上的，融合了巴尔干半岛6个自治共和国、2个自治省而组成。就是这样一个多民族、多语言的国家，在"二战"时期，成为唯一靠自己的力量打败了德国法西斯，把他们彻底赶出家园的国家。

"二战"结束后，铁托成为南斯拉夫总统。此后三十多年一直统治南斯拉夫，并且不设副总统。铁托在位期间，南斯拉夫都很强大：拥有强悍的军队，发达的经济，人均GDP位列当时华约体系的第一位，算得上是一个超级小强国。在国际社会，铁托政治上不倾向美国，经济上不依靠苏联，堪称第三大社会主义强国，被称为"巴尔干猛虎"。

1980年铁托去世，死前留下了遗言：废除总统制度，设立联邦主席团，由8个联邦主体各选举一人轮流做主席。正是这种体制打破了中央集权，也打破了铁托三十多年经营的强大的南斯拉夫。各共和国从此开始离心离德，短短10年的时间就分崩瓦解，最终一分为七，成为7个各自为政的小国家。

一个国家在国际社会要有地位，依靠的是强大的军事力量和发达的经济基础，以一个声音向世界发言。一个多民族、多语言、多宗教信仰、多文化历史的国家，想要创造或者保持强大的军事力量、发达的经济基础，必须加强中央集权，统一地方。铁托在位期间实行的正是这种治国策略，也是能使得国家强大行之有效的策略。而各民族轮值主席制度，必定造成谁轮值谁就加强本民族的利益，发展本民族经济的局面，从而削弱中央集权。这种体制看似民主，但造成地方势力抬头，使得中央政府有名无实。特别是还允许每个民族自治国家组建军队，就为后来的内战埋下了隐患。

Dr.Lee 放下文件夹，把目光投向窗外。但是仔细观察，他的一只手仍然压在文件夹上，大拇指微微翘起，其余四个手指并拢在一起轻轻敲击着文件夹。

阿格隆一直观察着老师的表情和动作。他知道，老师的心理活动从来不会轻易表现出来，但是他还是希望通过观察能发现点什么。眼下，他所有的希望都寄托在老师身上了。

和 Dr.Lee 了解南斯拉夫的角度不一样，阿格隆思考研究的重点是，铁托领导南斯拉夫进行的一系列变革。

的确，即使在铁托领导期间，南斯拉夫也经历了三次更名：依次为"南斯拉夫民主联邦""南斯拉夫联邦人民共和国""南

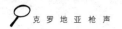

斯拉夫社会主义联邦共和国"。构成"第二南斯拉夫"的有斯洛文尼亚、克罗地亚、波斯尼亚和黑塞哥维那、黑山、马其顿、塞尔维亚。也就是说，在铁托领导期间，他已经不停地在调整策略，试图用这些手段遏制地方势力膨胀，阻止民族矛盾激化。但是铁托逝世后，整个地区的民族主义情绪快速增长，共和国中的绝大多数都相继宣布独立。

第三个以"南斯拉夫"命名的国家是南斯拉夫联邦共和国，由塞尔维亚共和国（含自治省科索沃）和黑山共和国组成。

那里曾经是一个多么美丽的国度啊！宁静的湖泊，蜿蜒漫长的海滩，起伏的山峦，处处充满着令人无限遐想的波西米亚风情，一切像其乐融融的大家庭般历历在目。而现在，满目疮痍。"记忆中最美的春天，难以再回首的昨天"，今昔对比，让阿格隆的心再一次被痛苦吞噬着。

他知道，只有 Dr.Lee 同意参加调查小组了，麦克·巴顿和魏区·赛诺才有可能参加。而有"三剑客"参加调查的鉴定报告才是世界上最有分量的报告。现在他最大的希望就是能说服老师。

于是他开始给 Dr.Lee 讲，他的祖国，他曾经美丽的家园现在已经被战火毁灭了。因为他一直在首都萨格勒布工作，起初只是从亲戚朋友交流的片言只语中感受他们对局势的不安。当时他还安慰家人，这一切仅仅是暂时的，是个别现象。但是后来，发生了一系列更加"不愉快"的事件。阿格隆的直觉告诉他，可能真正的麻烦还在后面。

果然，他从伊万妮卡发给他的一系列报道中知道，事态远比他们想象的要严重得多。"所有的商店都被抢劫了。他们还烧毁了大量民宅。他们拘禁、强奸妇女，而且越发严重。"于是，他开始密切关注战势，开始把伊万妮卡的报道发给他熟悉的媒体，后来又自己写文章，希望引起国际社会和国际舆论的关注。终于，联合国观察团去了南斯拉夫，他们收敛了一些。但是很快他们就故伎重演，只是手法不一样。有证据说明，至少五百座城镇和村庄、数以万计的住宅被毁，那些流落在国内的难民生病、挨饿。对于跑到山上去的难民，他们也不放过，不断骚扰，对这些难民进行敲诈和殴打。

阿格隆告诉老师，一年来，他一直在奔波，他要拯救他的祖国、拯救他的民族、拯救他的亲人。在来的路上，他心里一直有一些话在翻腾着，他想问老师：为什么到了 21 世纪，人类还没有学会如何兼容并包，和谐共处？

他拿出伊万妮卡的几篇报道，挑了几段读给老师听：

　　"作为一名记者，我是灾难的见证者，目睹了人民的痛苦，家园的毁灭，亲人的流离失所和死亡。灾难已经发生，创伤已经深深地烙在了我们每一个人的记忆之中，永远永远无法抹去了……"

　　"那和平美好如同秋日的阳光，静静地定格在家园缠满青藤的绿墙上，那一切仿佛是上个世纪的事了。是什么让无辜的亲人阴阳相隔？是谁毁灭了那如幻如梦一般的平静与美好？是战争！"

　　"它就像毒瘤、像噩梦，一口一口吞噬着我们的思想和灵魂。这样的毒瘤，必须用刀切除，我们的噩梦才能结束。虽然很难虽然很痛，但这是唯一的解决办法……狙击手横行，田地家园被毁，烧杀淫掳，善良的愿望无法阻止邪恶的行为发生，正义的呐喊挡不住魔鬼的屠刀……"

　　念到这里，阿格隆的声音充满了悲哀。他抬起头，眼眶里已经闪着点点泪光，他悲声问道："老师，为什么我们就不能从历史中吸取经验教训？为什么各地各族的人们就不能和谐共处？虽然不同的民族、不同的国家有着各自不同的语言，但这个世界上有一种语言是相通的，那就是'和平互爱'。为什么人们不能去找寻它、接纳它、信奉它？如果所有的人都能这样做，那些令我们痛心疾首的悲剧还会发生吗？"

接着，阿格隆更难过地说："以前我的消息主要来自伊万妮卡和她的同事们，但是他们在国际观察员离开科索沃以后就再也没有消息了。有人说他们上山了，也有人说他们被关进监狱了。"

Dr.Lee 被阿格隆打动了，情绪也变得异常沉重起来。他沉思了片刻，缓缓地说："我非常理解你的感受。科学家的鉴定不能带有任何感情色彩，但是科学家一定是最充满感情的人。"他把茶重新推到阿格隆手边，"如果仅仅作为鉴定专家，没有人要求我们需要全面了解南斯拉夫的历史，了解毛细血管般的'民族'真相。但是在资讯发达的今天，我们不可能，也没有必要装聋作哑，置事实真相于不顾。虽然整个事件错综复杂，但对于我们要做的调查来说是具体真实又细致入微的。当然，我们所做的人体身份死因鉴定调查，也只是帮助联合国调查事件真相的一部分。"

"谢谢老师！谢谢老师！我代表……"阿格隆激动地站了起来。

"你先坐下来。"Dr.Lee 没有让阿格隆把话说完，"你们要获得具体的、中立的、违背国际人道主义法律的证据颇为

困难。"

"老师，从阿尔巴尼亚和马其顿的官方观察员，以及仍与科索沃当地成员有联系的记者、非政府组织、科索沃阿尔巴尼亚人（包括难民和科索沃解放军）发出的数以千计的报道中不难看出，绝大多数内容都清晰地叙述了塞尔维亚族在克罗地亚实行的暴行。迁移的规模，也是自'二战'以来欧洲人从未见过的。他们驱赶了大多数阿尔巴尼亚人离开家园，还声称，这次史无前例的人口外流，是害怕北约空袭而自愿逃离。但难民们却说，他们是被用枪逼着赶离家园的。与去年发生战斗时的情况不同，去年多数流落国内者和难民自愿出逃，是为了避免交叉战火，或避开塞尔维亚族公安部队的掠夺。而现在被迫留下来的人都要被用作人体盾牌。塞尔维亚族军队为了躲避空中打击，穿起了带有红十字和红新月标志的白衬衣，戴着白帽子，扮成难民，混杂在达科维卡与布莱科维卡之间的难民护卫队中。为了隐蔽军事物资，他们用非政府组织专用的塑料布遮蔽运输车辆。"

"真是一片多灾多难的土地，而受苦受难的却永远是那些手无寸铁的平民。"Dr.Lee深深地叹了一口气，他想以这一句话结束讨论。

阿格隆知道老师的习惯，但是他不想，也不能放弃这难得的机会。他仿佛已经置身于国际法庭，向法官做最后的陈述了。

其实他不知道，Dr.Lee 心里另有一番沉甸甸的感受。他调查过多宗谋杀，有单人被杀的，也有小规模杀戮的，但这次他要去调查的"谋杀"案和以往完全不同。这是一起特殊的"谋杀"，有成千上万的生灵惨遭荼毒。

想到这里，Dr.Lee 说："有一个人很关心你请求联合国组织调查小组去克罗地亚的事情，她今天还给我打电话了。她告诉我，她担任主席的慈善委员会，已经把很多救援物资运到了克罗地亚地区。她希望我们能够组成一个调查小组，去那里完成死亡的无辜平民的人体身份鉴定。慈善委员会也愿意为调查小组提供资金。她就是芭芭拉·布什，美国第一夫人。"

"太好了！谢谢第一夫人！我们确实收到了慈善委员会很多的救援物资，我们还需要一些设备和仪器，不知道可不可以……"阿格隆站了起来，激动得有些乱了方寸。

Dr.Lee 十分理解阿格隆的心情，笑着看着他，示意他先坐下来，然后，打开文件夹，一边在上面签字一边说："我想她也是受联合国的委托。慈善组织在第一夫人担任主席期间，做了大量的人道慈善工作。他们为全世界范围内发生的地震、火灾、山洪、大面积瘟疫提供药品、帐篷以及食品。另外，我的一些朋友主持的基金会，如果知道我要去克罗地亚，也会愿意提供一些帮助。我想设备问题应该可以解决。"接着，Dr.Lee 叹了一口气，"……都被夷为平地了，医院肯定也没有了。没有设备仪器，去再多的专家，也不能尽快完成调查工作。"

听老师已经考虑得这么周密了，阿格隆如释重负，脸上第一次浮起了笑容。

"关于调查组的成员，你稍微等一会儿，我会给Dr.Baden Michael（麦克·巴顿）和 Dr.Cyril Wecht（魏区·赛诺）打电话。我希望他们能一起去，毕竟他们在这一行也是非常权威的，这样会使工作进展得比较快。但是他们工作都非常忙，我也只能试试看。另外还有一个人，我想这一次不但用得着，而且会非常需要，他就是世界著名毒物检测专家Michael F. Rieders（迈考尔）博士。他所在的宾夕法尼亚州检测中心，目前是全世界能够检测毒物品种最多的地方，我也试试邀请他参加调查小组。"

"老师考虑得真周到，谢谢老师！"阿格隆心里的一块大石头终于落地了。他再一次站起来表达感激。麦克·巴顿博士擅长解剖，魏区·赛诺博士的强项是病理。阿格隆知道，他们平时的工作特别多，工作日程很久以前就安排满了，所以要想请动他们，而且在这么短的时间里就出发，除了Dr.Lee，世界上没有第二个人做得到。虽然老师说"试试"，但是他知道，老师出面邀请，麦克·巴顿博士和魏区·赛诺博士是不会拒绝的。

果然，两位博士接到Dr.Lee的电话都爽快地答应了，麦克·巴顿博士还在电话里对Dr.Lee说："你答应我，我们要继续把那个话题讨论下去。"阿格隆虽然不知道是什么话题，但是他知道，他的任务完成了。他也想跟老师讨论话题。

于是，原本只安排三十分钟的见面，没想到从三十分钟延长到一个小时，又从一个小时延长到两个小时，从两个小时延长到四个小时……最后，两个人讨论了六个多小时。从战争犯罪调查活动的参与准备工作谈到DNA技术发展，从空手道谈到克罗地亚的生活，从科学谈到巴尔干半岛的历史，从大屠杀谈到这一次要挖掘的"万人冢"。

阿格隆最后不得不承认一个现状：波斯尼亚人、塞尔维亚人和克罗地亚人背井离乡，去异国寻求庇护，即使有国家接纳了他们（如澳大利亚），但他们仍然无法和谐相处。这一点尤其令人悲哀。在澳大利亚，塞尔维亚人和克罗地亚人甚至不能在一起参加体育活动，只要在一起，就会打起来。作为国家的一名部长级官员，阿格隆也知道，必须要回过头去看一看，究竟是什么原因引发了这些暴行？他说，我们原本都是上天的孩子，却被标上了一个个不同的标签，正是这些标签，把自己与其他人割裂开来——只认为自己所信奉的教义是对的，其他的教义都是错的。

最后 Dr.Lee 语重心长地说："我以老师的身份和你说几句话。我知道你的感受，但是这一次调查不是为了一个伊万妮卡，也不是应你个人的要求。我知道，你还有想法今天没说出来，我们有时间以后再讨论。对于调查小组人员你再考虑下还需要哪些人，但就目前来说，已经是世界最强阵容了。当然，即使是世界最强阵容，也需要当地团队的支援与合作。我希望到了克罗地亚地区，工作能够顺利地进行，不希望有什么意外发生。我们调查小组的每一个成员都有家人，我们的家人也不希望我们只是为了荣誉满身而以身犯险，他们一定希望我们平安归来。所以，作为克罗地亚的代表，你要把我们刚刚讨论的问题毫无保留地向上级汇报，同时落实好每一个细节。另外，你还要根据当地的实际情况，考虑还有哪些是我们没有考虑到的，总之，你还有大量的准备工作要做。"

等阿格隆从康州警政厅出来，已经是六个小时以后了。天色已近黄昏，他直接开车去了西哈佛特。

这是康州首府附近的一个卫星城。如果没有人介绍，那英伦模样的古城堡、小石块铺成的不宽的街道，会让人感觉置身于古老的欧洲小镇。的确，西哈佛特是一百多年前英国人建造的。如今，周围的剧院、商店、纪念馆、会议中心又完全是现代建筑，在阿格隆的眼里，这一切在灯光的投影下安宁祥和。跟自己正在遭受炮火摧残的祖国相比，阿格隆一时间百感交集。

城中心有一个不大的广场，深秋的大地仿佛要把一生的积蓄都奉献给植物。枫叶红得更浓了，橡树恣意地在夜色中舒展着自己高大茂盛的枝叶。厚厚的、修剪得像植绒地毯一样的草坪上的小草，使劲地撑开茎叶，为的是把自己独特的香味散发出来。而辛夷、山茱萸、粉团、朱槿，还有那些叫不出名字的、姿态各异的花卉，即使在夜里也尽情绽放着。几座造型简单却很结实的小亭、长椅，随意安闲地散落、隐藏在橡树下、花丛前、草坪上、喷泉旁。

阿格隆下了车，在广场中央踏着草坪与草坪之间细细的小径，漫无目的地沿着喷水池一圈圈地走着。

阿格隆没有一丝睡意，他脑子里交叉回放着一幕幕克罗地亚的战争场面和与老师六个小时的交谈。他一遍遍思考着老师的询问、提醒、安排和一再关照他要做的准备工作。而在康州警政厅的停车场，原来整整齐齐停放的车一辆接一辆开走了，只有1号车孤零零地坚守着岗位，和它遥遥相望的是警政厅1号楼厅长办公室透出来的灯光。

那灯光一直亮到东方的天空透出一片朝霞……

▲ 朝霞升起

03

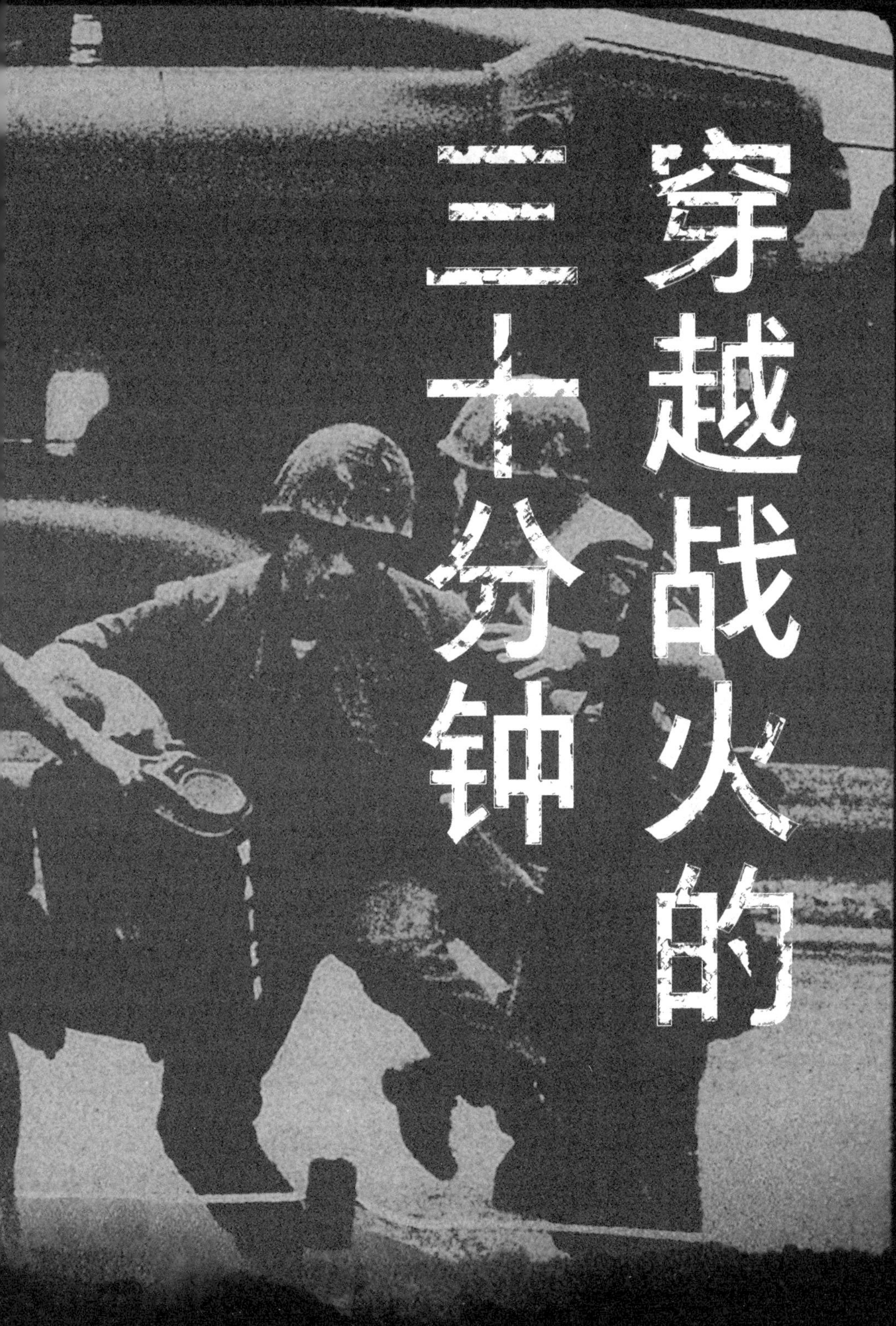

穿越战火的三十分钟

　　一架残破不堪的俄产直升机停在"联合国调查小组"的面前。调查组所有成员脸上都写着一个大大的问号，然后像是听到了口令，不约而同地把目光都投向了 Dr.Lee。

　　看到这架像是用橡皮筋和胶带捆绑起来才不至于散架的直升机，Dr.Lee 也懵了。但毕竟久经沙场，他不动声色地开始围着直升机转起圈来，还时不时地伸出手摸摸这儿、敲敲那儿。

　　和平时在州警政厅厅长办公室的形象完全不一样，Dr.Lee 今天穿了一件两只臂膀都缝着康州警察标志的浅蓝色夹克。夹克的面料是一种新型的阻燃、隔热、防雨绸，里料是一层有吸湿排汗功能的白色的保暖绒。衣服的分量非常轻但却十分保暖。

　　美国是联邦分权制，没有中央警察。各州的法律和警察制度由各州自己制定，警察制服的设计、人事调用、巡逻制度的规定、警察的级别也都是由各州各市自己做主。这件夹克就是 Dr.Lee 当康州警政厅长以后设计的。夹克是小翻领，一排白色的嵌扣从领口一直到最下摆。袖口装有易拉得搭扣，下摆有一根尼龙绳抽带，正常情况下，夹克是宽松袖口和腰身，遇到特殊情况立刻可以把袖口和下摆收紧，然后夹克马上就能变成一件特制的工作服。今天他头上还戴了一顶长舌棒球帽，帽子的正前方也绣着一枚大大的布质警察标。

从车子离开康州警政厅开始，Dr.Lee 就做好了随时随地应付突发事件的准备，但眼前出现这副"尊容"的直升机，还真是让他始料不及。毕竟，他身后是全世界法庭鉴识科学（Forensic Science）的精英啊。

首先是阿格隆系之念之的麦克·巴顿博士（Dr.Baden Michael）和魏区·赛诺博士（Dr.Cyril Wecht）。巴顿博士是法裔科学家，法医解剖权威、纽约市警察局总法医。赛诺博士是出生在匹兹堡的德裔犹太科学家、法医病理权威。这两位和 Dr.Lee 被称作鉴识界的"三剑客"，多次合作，几乎重大的案发现场或庭审都会有他们的身影出现。

眼前的麦克·巴顿身高六尺四寸，硕大的脑袋，健康的肤色，一副宽大的变色眼镜，修剪整齐的胡须，配上精心搭配的衣着，真是玉树临风，散发着无穷的魅力。专业技术上的精益求精，与他随时随地注意仪表的气质极其匹配，也十分符合一些女性对梦中情人的幻想。据说，风流倜傥的麦克·巴顿也的确征服了一大批女性追随者，当然，这并不影响他成为一名优秀的科学家。他甚至非常"谦虚"地认为，这些追随者激发了他对美好生活的憧憬，会促使他更加努力地工作。

魏区·赛诺博士则是另外一种形象。Dr.Lee 经常说，仅仅看外表，就能判断出赛诺博士是一位典型的科学家，而且是德裔科学家。他在追求事业方面，发挥了德国人所有的优良素质，而他那张五官分布恰到好处的脸，也堪称一件精美的雕塑。加上高挑的个头，温和的微笑，使得他浑身上下都散发着贵族的气质，又十分有亲和力。魏区·赛诺对待异性的观念和麦克·巴顿完全不同。他对待爱情、家庭和他做学问一样严谨认真又不乏热情。他有一位非常漂亮也非常出色的太太，是瑞典人，出身名门，掌握七国文字和语言。"二战"期间，魏区·赛诺参战远征，她在战地医院做翻译，他们在那里相遇相识。战争结束以后，魏区·赛诺专攻法医病理，她则取得了律师资格。后来，夫妻二人双双获得了博士学位，同时也迎来了事业上的成功。

和麦克·巴顿处处留情不一样，魏区·赛诺把太太培养成自己最得力的助理及合作者。他们把家安在赛诺的出生地匹兹堡。他的父亲在那里曾有一家规模不大的商店。和所有的犹太人一样，父亲重视家庭、精打细算，靠经营商店的收益养活了全家人。在那里赛诺读完了小学、初中和高中，也继承了父亲的家庭观念和事业理念。后来，他们在纽海文海湾最美的地段购置了暑期别墅，临海一面大大的落地窗，让美丽的海景时刻尽收眼底。

除了这两位顶级的科学家，同行的还有芭芭拉·沃尔夫博士，英国病理学家、纽约州奥尔巴尼郡的总验尸官。她是调查组中唯一一位女科学家。芭芭拉·沃尔夫不但在病理学上创下了让男人望而却步的成就，在长相上也有着让每一位女性都羡慕的容颜。她身材凹凸有致曲线完美，尽显英伦魅力。一头棕色的短发，每一个发卷都一丝不苟的落在太阳穴两边、左右脸颊、耳垂下来衬托着她光滑的额头、坚挺的鼻梁和饱满的嘴唇。芭芭拉·沃尔夫有一双蓝色的眼睛，像蕴藏着一泓静静的湖水，藏在长而密微卷的睫毛下。她的出现常常会给人一种宁静的感觉。芭芭拉·沃尔夫是女性美丽和智慧兼备的典范。

站在芭芭拉旁边的，是 Dr.Lee 为此次"联合国调查小组"的克罗地亚之行特别邀请的毒物检测专家迈考尔博士（Dr. Michael F. Rieders）。他出生在毒物鉴定世家，祖父、父亲

都是世界闻名的毒物鉴定专家，他和哥哥子承父业，都是毒物学博士。迈考尔曾经鉴定过拿破仑的头发，发现了拿破仑头发里含有砒霜。他的化验室也做毒品分析，但是主要的任务是鉴定。迈考尔中等身材，体格结实，脸上的皮肤略显粗糙，单看外表也许很难把他和科学家这个身份联系起来，但是只要他开口讨论案情，他在毒物方面的丰富知识，细腻周到严谨的论述和所做检测的精准度，就会立刻让所有人惊讶。他和 Dr.Lee 是莫逆之交，在宾夕法尼亚州的毒物检测所曾多次为 Dr.Lee 侦破案件提供可靠的报告。

迈考尔还有一个让 Dr.Lee 欣赏的特点就是特别好学，只要和 Dr.Lee 在一起，他总能挤出时间，向 Dr.Lee 的专业领域"蚕食"。

站在最远处的是此次"联合国调查小组"里唯一一位"业"外人士，女记者希瑞（Tracy），她毕业于哥伦比亚大学新闻传播学院，供职于美国 ABC 广播公司。她是自告奋勇参与这次行动的，她希望 Dr.Lee 允许她全程报道调查经过。此时她正弯着腰整理行李，因为阿格隆刚刚犹豫着说她的行李可能有些超重，她就毫不犹豫地留下了装着内衣、化妆品和零食的包，保留了全套的摄影、录音装置，她还问阿格隆能不能带枪。

希瑞身高 172 公分，浅蓝色的眼睛，白里透红的皮肤，一头火红的头发是她最醒目的标志。她几乎永远都是牛仔裤、皮夹克、白色 T 恤或者白色衬衫。饱满的胸部，微翘的臀部，使得她的回头率不亚于任何一位影视明星。希瑞出生在一个石油大亨的家庭，父母是新西兰移民。她是他们唯一的女儿，也是最小的孩子，从小有几个哥哥陪伴、保护。也许是从小就在男孩堆儿里长大的缘故，希瑞练习柔道、射击，而且喜欢使用各种武器，她的每一位哥哥都是她的陪练对手。如果不了解她的职业，而仅仅看她的举止做派，活脱脱就是一名训练有素的特警队员。

当然，希瑞也有和"特警队员"不相符的地方，就是她的每一件衣服，尤其是贴身穿的衣服，无论多大的品牌，无论什么质地，都无一例外在醒目的位置绣着她名字的字母。她把它称作"世界上最伟大的母爱"。

希瑞的理想是当一名战地记者。她行动快，笔头更快，如果她和一群记者同时出现在一个事发地点，首先将现场实况发回电视台的一定是希瑞。所以，当她跟 ABC 的老板提出要参加"联合国调查小组"去克罗地亚时，老板第一时间就给了她最肯定的答复，而且时间、装备以及所需要的任何资源都由

ABC 提供。因为老板不仅知道这是一次不可多得的、非常具有价值的采访机会，还知道希瑞是不二人选。

Dr.Lee看看眼前这架早就该进军事博物馆的军用直升机，再看看这些整装待发的世界级"宝贝"，心里充满了少有的担忧。他知道，他们中的大多数人，昨天都是坐着头等舱或商务舱从美国的各个地方飞到瑞士日内瓦集合的，而眼前这架飞机，且不论舒适度，看上去连基本安全似乎都无法保证。一旦出事，后果将不堪设想。到时候，恐怕唯一的价值就是媒体有了新闻资源。可以想象，那时候世界各地的媒体将怎样一窝蜂地报道这个消息。估计"无一幸免"或者"无一生还"这几个字是少不掉的，也是最抢眼的。同时，世界范围内的法庭鉴识科学将"倒退若干年"，也会是无法回避的字眼。

身后有人在不安地走动，Dr.Lee 知道那是阿格隆。从看到这架直升机开始，阿格隆就像是担心他跑了似的，一步不离地跟在他身后。Dr.Lee 心里明白，只要他一回头，阿格隆肯定就会把已经准备了一箩筐的关于直升机的解释倒给他。Dr.Lee 更明白，这是阿格隆，或者说是克罗地亚方面，目前能找到的最好的交通工具了。

其实，此时此刻阿格隆的心里也在打鼓，他也不知道这架1950 年的老飞机还能飞多久，能不能安全地把这些他好不容易请来的专家带到克罗地亚。好在 Dr.Lee 暂时还没有回头质疑他，而是继续在"检查"直升机。

Dr.Lee 围着飞机转了一圈回来，发现几乎所有人的手里都拿着手机。不用猜，他们都在等他宣布就地解散以后，给家人打电话。看到 Dr.Lee 转了回来，麦克·巴顿像是无意地走到他身边，用大家都能听见的声音对着电话说："亲爱的，不用着急，我可能马上就回去了。"说完，带着一点调侃和狡黠的表情冲着 Dr.Lee 笑，意思说："哥们儿，我先给你把救生圈和梯子准备好。"

站在 Dr.Lee 身后的阿格隆，看懂了巴顿的表情，也听懂了他的弦外之音。他心里紧张极了，无助地看着 Dr.Lee。

"你这家伙，在给哪一位女朋友打电话呢？"Dr.Lee 笑容满面，完全看不出有一丝一毫的担心。因为比较投缘，Dr.Lee 经常拿麦克·巴顿开玩笑。帅气的巴顿不仅专业一流，泡妞手腕也是一流，换女朋友比换衬衫还快。

对 Dr.Lee 的玩笑，巴顿并不介意，他甚至乐得听到这样

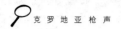

的玩笑,还调皮地向旁边的魏区·赛诺歪了歪头,吹了一声口哨。

魏区·赛诺饶有兴趣地看着眼前这一幕。他们三个人经常在一起合作办案,血腥的场面司空见惯,所以,三个人经常用"斗嘴"、打赌来放松神经。

和其他人打赌,麦克·巴顿从来都是稳操胜券,但跟Dr.Lee,他却负多胜少,而且经常是输得心服口服。刚刚,巴顿又悄悄跟赛诺打赌,赌今天 Dr.Lee 会决定不飞。根据以往的经验,巴顿不是 Dr.Lee 的对手,Dr.Lee 的决策往往出乎他的意料,但眼前的这架飞机实在太破了,赛诺也觉得悬。为了享受跟巴顿"斗智斗勇"的乐趣,也为了看看面对这样的飞机,和他们长着一样的脑袋,却比他们聪明一百倍的中国人,会怎样说服大家上去,他还是决定跟巴顿赌。当然,他心里也知道,以他对 Dr.Lee 的了解,面对工作中的难题,Dr.Lee 连泄气都没有过,放弃,更不可能。

所以,见巴顿故意用电话"挑衅",他和飞机前的其他人一样,统统笑着转向了 Dr.Lee。

在所有人目光的注视下,Dr.Lee 微笑着也拿出手机拨电话,然后用非常轻松的语气对着电话说:"玛格丽,我们已经到了目的地,是的……当然非常安全……我们当然是坐飞机,你以为我们都长了翅膀……哈哈……刚刚落了地……一架非常特别、总而言之是很棒的直升机……特种部队护航,你放心吧!麦克·巴顿? 他很好, 魏区·赛诺? 他当然也很好。刚刚在飞机上他们都睡着了。OK, 拜拜! ”

大家都知道, Dr.Lee 电话里的玛格丽是他的太太。

说完, Dr.Lee 关了手机, 转过身向阿格隆果断地一挥手, 嘴巴里干净利落地蹦出两个词 “Let's go!” 接着用比往常更快的速度, 身手矫健地上了飞机。Dr.Lee 知道, 如果他今天不第一个上这架 “总而言之很棒的飞机”, 就没有一个人会上去! 他只能不解释、不讨论, 只行动。

巴顿只能对着洋洋得意的赛诺耸耸肩, 摊摊手, 然后快步跟着上了飞机。

“突、突、突、突……”随着引擎发出的震耳欲聋的轰鸣声, 直升机摇摇晃晃地起飞了。

军用直升机的机舱很窄, 而且除了正副驾驶, 没有其他任何座椅, 所有人只能像伞兵一样, 席地分坐在机舱两边。Dr.Lee 刚坐下就想起来, 刚刚见面的时候, 指挥官曾轻描淡写地问过他们, 谁有过跳伞的经历。当时他还以为指挥官是在

活跃气氛，跟大家开玩笑，现在，他总算明白了。

Dr.Lee 环视了一下机舱里的人，发现大家都紧张地背贴着金属机舱板。飞机的震动直接通过后脊神经传到了身体的每一个部位，这种感觉一方面很刺激，一方面又使人感到一种莫名的恐惧。Dr.Lee 心里明白，就算有过跳伞的经历，哪怕本身就是伞兵，在这种条件下又能怎么样呢？现在机舱里连一只伞包都没有，如果遇到意外，他们连跳伞的机会都没有。

Dr.Lee 坐在驾驶员紧后方的位置，麦克·巴顿坐在Dr.Lee 的旁边，魏区·赛诺坐在巴顿对面。不知道是因为气流太大，还是因为飞机实在太老了，直升机刚刚离开地面，就剧烈地颠簸起来。

突然，三个人飞快地交换了一下眼神，然后立刻分别用紧张的目光搜索起机舱的每一个角落来。

"你们找什么？是不是有行李忘了带上飞机？"三个人的异常神情，引起了指挥官的注意。

不料，这时候三个人的目光又交汇在一起，然后不约而同地笑起来了。

"没有，我们没有什么东西忘带上飞机。"老规矩，麦克·巴顿代表"三剑客"回答了指挥官的问题。

只有"三剑客"自己心里明白，刚才他们紧张搜索，是因为飞机的颠簸使他们同时想起了曾经一起处理过的一桩军用直升机爆炸案。

几年前，约旦国王和王后要到波士顿看望在哈佛大学读书的女儿。因为从纽约去波士顿需要六个小时的车程，而空中航线只需要地面时间的四分之一，为了表示友好，美方专门派出一架军用直升机接送国王、王后和他们的随从以及特勤工作人员。但是，因为天气不好，国王最后还是决定开车去波士顿，于是军用直升机上只坐了部长和其他的政府官员。没想到直升机起飞 30 分钟之后就在麻省上空轰然爆炸。碎片洒满了整座山头。因为事件直接关乎美约，甚至会直接影响到美国与其他亲美国家的关系，美国联邦调查局、中情局、航空安全局立刻组织重案小组，火速赶赴直升机坠落现场，分析爆炸的原因。

"三剑客"应中情局邀请前往协助调查。Dr.Lee 到现场有几个小时的车程，按习惯，他一上车就开始了解当地的天气预报情况，同时开始指导重案组如何保护现场。很快，Dr.Lee 得到回复，将有一场暴风雨和他们几乎同时到达。这是调查任

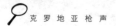

何野外案发现场都不愿意遇到的糟糕情形，因为现场在野外无法保护，如果现在就进行排查，上万平方米的山头，时间根本不允许。等暴风雨过后再去现场？暴雨必定会把一些飞机碎片及物证冲跑。

麦克·巴顿和魏区·赛诺两个人都无能为力地直摇头。Dr.Lee 沉思片刻，立刻安排飞机升空，赶在暴风雨来临之前，尽可能详细地拍摄现场照片。同时，让人找来失事地面的地图，然后用印着小方格的纸，对照着直升机碎片散落的山头，标出了每一个方格和地图相应的位置。接着又派人将物证对应每一个方格收入单独编号的箱子里，将装有物证的箱子和对应的地图、方格纸都标上相同的数字以便匹配，然后把所有东西迅速运出山区妥善保管。指挥完成了这一切，Dr.Lee 特别嘱咐重案组，天晴以后，要回到波士顿对照现场照片，在机坪上分别按照地图、标志编号将每一箱物证取出来，重建现场进行事故分析。

没想到几个星期以后，重案组来电话说，"我们想尽了办法，查不出有任何爆炸物"。

也就是说，没有证据证明有人在飞机上放了炸弹要谋杀国王。

"三剑客"又重新回到麻省。他们把直升机的所有碎片重新检查了一遍，也没有找到爆炸物的疑点。经过一整夜的讨论，Dr.Lee 提议调来一架同样型号的军用直升机，按原形，把飞机碎片重新拼凑成爆炸前的模样。就这样，经过复原和仔细分析，"三剑客"最终得出结论："军用直升机是在没有爆炸物的情况下自行爆炸"。

结论一宣布，引起一片哗然。最不能接受的就是约旦王室，他们坚持认为美方有意掩盖刺杀国王阴谋的真相，要求美方立刻召开新闻发布会宣布调查结果。

Dr.Lee 代表重案组出席了新闻发布会。他向记者出示了一份分析报告，同时用科技手段、三维空间画面演示了报告内容。

报告称：军用直升机的任务是运输军用物资和伞兵，机舱比普通民用直升机大；在执行军事任务中，军用直升机有时需要迅速拉升高度，以躲避地面密集炮火的袭击，所以它的螺旋桨叶比较长。以上两点，决定了军用直升机的重量超过了一般民用直升机，而机身下的两只小轮子，不足以支撑军用直升机的重量，所以军用直升机在执行任务时都是悬在地面上，一旦任务完成立刻升空。如果军用直升机完成任务停在机坪上，会

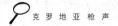

用两个重达 500 磅的长铁三脚架"锚"支撑机头和机尾。飞机启动升空前，机组人员会取出锚放到机舱内备用。两只钢铁三脚架，在机舱里有固定的捆绑位置。但是那一天，两只钢铁三脚架中的一只并没有被机组人员固定到位。由于天气状况不好，造成直升机刚起飞就开始颠簸，而那只"活动"的三脚架的位置，正好在油箱的输油管道上。随着飞机的频繁颠簸，三脚架不停地摩擦油箱管道，给管道造成了细微的小孔，油箱的气体开始顺着小孔挥发到机舱内。最终导致直升机爆炸的原因，是机舱的机电盒交换程序闪出的火花，引燃了机舱内的气体。

"军用直升机的机舱像一只巨型空中炸弹在空中爆炸，机上无一人生还……"

无懈可击的调查报告内容，输油管、铁三角架这些物证和 Dr.Lee 生动精确的演示让媒体，也让约旦国王的代表心悦诚服。

所以，今天他们一进入军用直升机的机舱，记忆中的"空中炸弹"立刻条件反射般出现在"三剑客"的脑海中：铁三角架在哪里？绑好了没有？

飞机在云层中上下颠簸、左摇右晃地飞行着。像是担心飞行员会误操作，飞机每颠簸一次，麦克·巴顿就会探出身子，越过 Dr.Lee 去看一下驾驶员的动作。如果他探出身子的同时直升机又恰好摇晃了一下，所有人又都会把目光投向他，好像是他造成了飞机的摇晃。

突然，机身又是一阵剧烈的颠簸，还没等麦克·巴顿探出身子，就听到驾驶室传来飞行员的声音："大家都坐好，好像地面有人向我们开炮了。"声音里好像并没有太多紧张，只是和大家打声招呼一样，末了还嘀咕了一句，"奇怪，这里还没有到塞尔维亚人控制的地方啊！"

"你可不可以把飞机再拉高一点儿？"麦克·巴顿又探出了身子，但还没等他开口，Dr.Lee 已经在问驾驶员了。

不知道是不是巧合，麦克·巴顿刚刚移动一下身体，飞机就跟着又摇晃了一下。

"已经拉到最高了。"飞行员回答。

"是不是所有的直升飞机都只能飞这么高？"麦克·巴顿不敢再动了，只是提高了声音问道，"我记得上一次爆炸案记录的那架直升机飞的高度比你高多了。"

话音刚落，魏区·赛诺就又好气又好笑地瞪了他一眼。

"是可以拉得高一些,但主要是我们的飞机年纪大了点儿,

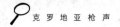

而且昨天刚被机关枪子弹穿了个洞。因为今天要送你们，来不及修理，我就自己用最好的材料补上了。如果拉得太高，我怕气压会把补上的材料挤出去或者直接崩掉。"驾驶员的话让所有的人都不再吭声了。麦克·巴顿很后悔自己问了这句话。

"大家放心，我这架飞机是非常幸运的飞机。"见大家突然都不说话了，驾驶员赶紧给大家宽心。

"看来这样的飞机你们还有几架？"Dr.Lee 问。

"我们原来有四架。"

"原来有四架？那现在其他的飞机呢？"

"它们运气不好，都被打下去了。有一架是昨天刚刚被打下去的，上面的人没有一个活下来。四架中只有我还在飞，你们说是不是我最幸运？"飞行员自己觉得非常自豪，但是他不知道，他说的每一个字都让机舱里的人毛骨悚然。

突然，机舱里的人都非常明显地感觉到飞机在向上拉。飞机颠簸得更厉害了，仿佛要散架似的。

"你刚才说已经拉到最高位置了，现在为什么又要向上？你就不要再拉了！"女记者说话的声音都变了。地面上训练的一切，到了空中似乎都不起作用了。

"我们马上要飞过塞尔维亚人控制的领土上空，这个高度非常危险。"飞行员的神情严峻了起来,"刚才我不是说了吗?昨天我们的另外一架飞机就是在这里,在这个高度被打下去的。那时候我们是两架飞机一起飞的,他们可能忙不过来;今天就我一架,我得拉高一点儿。"

指挥官表情严肃地坐到了副驾驶位置上,一言不发。

地面上果然传来了枪炮声,空中也传来爆炸声。所有人的目光又不约而同地集中到了 Dr.Lee 的脸上。

此时,Dr.Lee 出奇的冷静。他回忆起在他 21 岁那年,刚从警官学院毕业,被选派到军队服兵役,当时他任少尉。从那时起,他对大炮、火箭和机枪的声音就非常敏感。Dr.Lee 眯起眼睛,全神贯注地倾听着机舱外传来的声音。这时候大家才发现,他的耳朵长得似乎跟别人不一样。

"右下方像炒豆子似的声音是高射机枪,左边才是高射炮的声音。我们这个高度,高射机枪是打不到的,我们贴着左边飞。"Dr.Lee 向飞行员和指挥官说出自己对声音的判断。

指挥官不敢相信似的愣了一下,但很快,他就认同了 Dr.Lee 的判断,命令飞行员听从 Dr.Lee 的指挥:"贴着左边飞!"同时再次要求大家在自己的位置上坐好。

机舱内顿时鸦雀无声,每一个人都竖起耳朵,试图从直

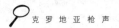

升机旋翼叶片轰隆隆的噪音中，分辨出高射机枪和高射炮的声音。

"看地面！"阿格隆忽然说了一句。

所有人立刻转头从机舱的窗户往下看去，地面上战火连连。这一看大家更加沉默了，而且又渐生出了更多的恐慌。

麦克·巴顿想缓解一下紧张的气氛，转身问Dr.Lee："你真的不害怕？"

"我真的不害怕。"Dr.Lee镇定地回答，"中国有句古话叫作'生死有命，富贵在天'。但是，如果我的死期还没到，阎王却派人来索讨坐在我身边的那个人的命，让我眼睁睁看着他'走'，这样的事情也是我最不愿意看到的。"说着，Dr.Lee向麦克·巴顿眨了眨眼睛，自己先笑了。

大家也笑了起来，笑声打破了机舱里的沉默。

仿佛经历了半个世纪，直升机终于在摇摇晃晃中到达了目的地。刚一着地，旋翼叶片还在轰隆隆作响，机舱里所有人就都欢呼起来。还有什么比与死神擦肩而过更值得庆贺的事情呢！

芭芭拉·沃尔夫和希瑞抱在了一起，原来，直升机起飞不久芭芭拉就恶心想吐，一路上都是希瑞在照顾她。

很快，前来接应的、戴着绿色贝雷帽的克罗地亚特种部队就出现在眼前，当地的法医、工作人员跟所有下飞机的人热情地拥抱、握手，庆幸刚刚经历了凶险旅程的联合国调查组成员安全落地。

第一个从直升机上跳下来的Dr.Lee，立刻和指挥官打开了地图，了解通往"万人冢"的道路安全情况。

飞行员摘下了飞行帽，跨出了驾驶舱，原来是一位非常年轻帅气的克罗地亚士兵。因为完成了任务，他娃娃般的脸上挂着掩饰不住的自豪。每一个人都向这位给大家带来"幸运"的小伙子表示感谢。可小伙子的神情突然有些腼腆起来，拎着飞行帽的手不安地摇晃着，仿佛不知道怎么放才好。希瑞不失时机地举起摄像机，当镜头对着飞行员的时候，他脸上突然出现了一丝调皮可爱的神情，用克罗地亚语说了一句话。阿格隆把飞行员的话翻译给大家，大家都不相信，以为他翻译错了，于是阿格隆笑着让飞行员自己用英语把刚才的话再说一遍。

终于大家听到了："刚才我们的飞行时间，全程30分钟。"

"Oh，My god！"几乎所有人都不敢相信自己的耳朵，只有Dr.Lee除外。

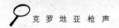

指挥官看了一眼正和自己研究地图的 Dr.Lee，他脸上全是进入工作状态的专注神情。在飞机起飞和落地时，他都看见 Dr.Lee 抬起手臂，用手表记录时间。他不由得又回忆起刚刚在飞机上，Dr.Lee 对于枪炮声和爆炸声的判断。

"这个人太不寻常了！"指挥官在心里暗暗地说。

▲ Dr.Lee、阿格隆在军用直升飞机上

▲ "联合国调查小组"成员在军用直升飞机上

▲ 阿格隆在军用直升飞机上

▲ "联合国调查小组"到达克罗地亚现场

04

南斯拉夫

战争

库帕瑞斯，位于波斯尼亚和黑塞哥维那境内，距克罗地亚边境 12 英里。

为确保"联合国调查小组"专家们的安全，这里有一块不大的地方刚刚被划作了"联合国军队保护区域"，军用直升机就降落在"保护区"内。虽然做了充分准备，负责调查小组安全的指挥官还是不敢掉以轻心，进一步做了精心安排。直升机还没有降落，几辆覆盖着防雨大篷的军用卡车就已经在"保护区"里待命。卡车四周布置着荷枪实弹的特种兵，这些特种兵将一直保护着调查小组完成任务，再回到克罗地亚首都萨格勒布。

"报告长官！请'调查小组'的专家们赶快上车！附近可能埋伏着狙击手。"一个头戴贝雷帽、佩戴上尉军衔的特种兵，见从直升机下来的专家们还在"放松心情"地拥抱、聊天庆祝平安降落，着急地小跑步到指挥官面前。他是地面安全的负责人。

"砰砰……"仿佛是要印证上尉的话，不远处响起了枪声。

枪声一响，大家刚刚放松下来的心又提了起来。

"我们是'联合国调查小组'，难道他们敢向我们开枪？"希瑞手里的摄像机闪着小红灯对着指挥官。

"军队一直想掩盖他们的罪行，而调查组是来揭露他们罪行的，所以还是谨慎一些好。"阿格隆一边帮特种兵把调查小组的行李往车上装，一边代指挥官回答了希瑞的问题。

"哎！那不是我的旅行包吗？"希瑞指着阿格隆手上拎的一件行李，有些惊喜也有些意外。希瑞的包都是大名牌，加上她的"母爱"标志，很容易辨认。

"是啊，我觉得女士的包还是不能少带，所以，我把我的行李留在了萨格勒布，把你的包带来了。"阿格隆扬了扬手上的行李包又补充道，"希望你多多向外界报道那些军队的罪恶。下面的工作对于你来说会是非常的……辛苦……你和我们从事鉴定专业的不一样，希望你能坚持下来，克罗地亚人民会感谢你。"很明显，阿格隆在"……会是非常的……"后面临时换了词。

阿格隆原本想说的是，"非常血腥"，或者"非常恶心"，但是他又不希望吓着希瑞。

"你是说下面的工作会吓着我吗？"希瑞笑着，睁大眼睛看着阿格隆，把红红的头发向耳朵后面捋了捋。

"我们是来鉴定死者死亡原因和身份的。《日内瓦公约》规定不能屠杀平民，他们不是也敢吗？大家抓紧时间收拾一下，上车！"Dr.Lee 说话的声音没有上尉的那么急，但是内容和要求都非常清晰。

Dr.Lee 的第一句话，"我们是来鉴定死者死亡原因和身份的"，是纠正阿格隆说的调查组是来"揭露塞尔维亚军队罪恶的"。Dr.Lee 理解阿格隆的心情，但是科学家，尤其是鉴识科学家要以证据说话，在没有取得确凿证据之前，一切结论都不能下得过早。第二句则是对希瑞问题的答复。最后一句话是帮助指挥官提醒大家。

专家们很快收拾好准备上车了。

"两位女士先上车，你们坐前面，路上卡车会颠簸得很厉害。"看得出来，上尉不是第一次执行这样的任务。

一条乡间土路，几辆覆盖着防雨大篷的军用卡车组成的车队，在特种兵的护送下快速向前驶去。

土路上布满了大大小小的弹坑，芭芭拉·沃尔夫博士虽然坐在卡车最前边的位置上，但是她觉得颠簸得比飞机还厉害，她的胃再一次翻江倒海起来。确实，卡车在土路上颠簸和刚刚军用直升机的颠簸不一样。军用直升机在空中是为了躲避炮弹，是摇晃中带着颠簸。而军用卡车要驶过路上已经形成的弹坑，有时候遇到弹坑也只能稍微放慢速度。路不够宽，放慢速度轮子没有冲力，卡车说不定会掉在坑里上不来，所以大多数情况下就只能硬生生地原速颠过去。

其他专家虽然没有晕车，但看到沿途村庄被战火摧毁居然没有一座幸免，内心不禁被深深地被刺痛，那令人触目惊心的惨状，也让人望而生畏。

和往常一样，Dr.Lee 坐在卡车的最后位置，眼前的满目疮痍、断壁残垣，有的村落甚至还在冒着硝烟，使他不得不承认，战争残酷的程度远远超出了他的预料。虽然有戴着绿色贝雷帽的克罗地亚特种部队在身边护卫，令他对"联合国调查小组"专家们的安全多少有些安心，但不时传来的炮弹爆炸声和炮弹飞过的声音，又无时无刻不在提醒他所身处的境地险象环生。

"接下来等待着他们的会是什么？也许什么都不会发生，也许什么都有可能发生……"充满挑战也隐藏着不得而知的危险的未来，让 Dr.Lee 时刻保持着警惕。

阿格隆看出炮弹爆炸和炮弹飞过的声音，使专家们心神不宁了。他希望自己能给他们一些安慰和勇气，但又不知道说什么，只希望快一点到达目的地。毕竟在路上不确定的因素太多了，到了驻地就会相对安全些。

"Dr.Lee，刚刚在萨格勒布，你明明知道那架破直升机带着'伤'，既飞不高也飞不快，还随时随地都有被打下来或者自己掉下来的可能，你为什么不选择在地面乘坐卡车？"耐不住一直藏在心里的疑问，也为了缓和车厢里的紧张气氛，麦克·巴顿问 Dr.Lee。

"是啊，你带头上直升机的那一刻，麦克·巴顿差一点儿把自己的舌头咬下来。"魏区·赛诺赌赢了，调侃着麦克·巴顿。

一般情况下，有其他人在场，魏区·赛诺不怎么参加麦克·巴顿与 Dr.Lee 的"讨论"，现在他加入也希望借此松弛一下大家紧张的情绪。

"你们听指挥官说了吧，如果从地面走，必须要穿过塞尔维亚武装力量占领地，会更加危险。"Dr.Lee 的注意力一直放在卡车雨布外的公路上，但是不妨碍他耳朵听着车厢里麦克·巴顿和魏区·赛诺两个人说话。

　　"要是遇到军队，就由麦克·巴顿当我们的代表，说我们是去克罗地亚鉴定被他们杀害的无辜平民的尸体，请他们放我们通过。"魏区·赛诺慢条斯理地"代表"Dr.Lee回答了可能发生的情况处理办法。当然这个办法也是调侃。魏区·赛诺对塞尔维亚的称呼用了全称，假设的问题也非常有礼貌地用了"请"字。

　　听魏区·赛诺代表自己回答问题，Dr.Lee从车厢外收回目光，点点头接着说："他们一定不会放我们过来的。从空中飞过来，我们有可能被打下来，也有可能自己掉下来。但是按照概率分析，也有不被打下来、不自己掉下来的可能。和选择地面百分之百要穿过塞尔维亚人的领土相比，从空中飞过来相对有希望得多。当然还有一种选择，我们回去。但是联合国卫生组织捐助的仪器、人道组织的救援物资已经齐备，尤其是，我们都已经做好了一切准备……"说到这里Dr.Lee伸手拍了拍麦克·巴顿的肩膀，"我知道你们也不会放弃。与其从地面走必然会遇到危险，我选择了在空中搏一搏。我做这样的选择还有一个原因，就是你们都是专家，还有两位女士，如果你们

全都受过特种兵训练，也许我会选择从地面通过，那就要有所准备。"说着 Dr.Lee 做了一个举枪射击的动作。即使在卡车颠簸的情况下，Dr.Lee 的动作还是那么标准，干净利落。

而且在麦克·巴顿眼里，Dr.Lee 的动作还充满了帅气："希望我们不要真的遇到狙击手。Dr.Lee，你是警察，弹道研究是你的特长，你认为我们车上什么位置最不安全？"麦克·巴顿十分佩服自己的搭档，同时也为自己"三剑客"之一的身份而自豪。

"这里已经属于波斯尼亚，出去以后是克罗地亚的领土，至少不是公开属于塞尔维亚武装力量的管辖区，所以相对是安全的。"阿格隆终于有了安慰专家们的机会。

"即便有人要袭击我们，光天化日之下，也不会有大规模的军事行动，应该是派狙击手。而如果有狙击手，这里的民族骁勇善战，我们在明处，狙击手在暗处，你的脑袋这么大，那么你坐在哪里，哪里的位置就最不安全。"魏区·赛诺参加过"二战"，他的分析和表述非常有见地。

"赛诺博士，你不要吓唬巴顿博士。他的新女朋友还在等他回去呢。"三个人的讨论引发了车厢里善意的笑声。

笑声未落，就听到了爆炸的声音，车里的气氛瞬间又紧张起来。"这是流弹和地雷爆炸的声音，麦克·巴顿你不要担心。不过，魏区·赛诺说得也非常有道理，你的大脑袋是狙击手最好的目标。当然阿格隆的任务就是专门保护你的脑袋的，因为那里面都是智慧，是我们的智慧宝库。"Dr.Lee 的结束语，让大家更加开心地笑了起来。

同样是科学家、法庭专家，Dr.Lee 的丰富经历和经验，尤其是他在直升机上显示出来的军事经验，是"三剑客"中另外两位专家无法比拟的，所以此时此刻他的话也是调查小组的"定海神针"。

突然，卡车一个急刹车，猛地在路中间停了下来。强大的惯性让车厢里的人都失去了平衡。

两位女士重重地撞到了车帮上，不由自主地发出了尖叫。

"前面有情况，大家不要出声！"驾驶室传来上尉短促有力的警告，与此同时也传来了"咔嚓"一声金属的撞击声。这是拉开枪栓、子弹上膛的声音。

车厢里所有人的注意力都集中到了驾驶室那扇小的不能再小的窗户上。只有 Dr.Lee 将身体侧贴着车帮，用两个手指头轻轻地撩起卡车的篷布向外看去。

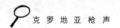

只见从保护他们的卡车上跳下来两队荷枪实弹的特种兵，一队迅速分头冲到了调查小组的卡车两边，背对着卡车布了岗，另一队迂回到车前。

一辆车顶上罩着伪装防护网的军用吉普，拦在了调查小组的卡车前。

巴尔干半岛地区每一个民族的人都骁勇善战，原因是这个地区有史以来就战火不断。

1918年，"一战"结束，德国、保加利亚、奥匈帝国和奥斯曼帝国溃败。塞尔维亚、克罗地亚和斯洛文尼亚迅速成立了一个联盟——"塞尔维亚—克罗地亚—斯洛文尼亚王国"。十年之后，亚历山大一世将其更名为南斯拉夫王国，以抑制分裂分子的情绪，但这里从来就不缺少勇士，他最终还是失败了，在法国马赛被一名马其顿革命党人刺杀身亡。

1941年"二战"期间，轴心国中的德国、意大利以及匈牙利和保加利亚向南斯拉夫王国发动全面进攻，并迅速占领了它。超过30万南斯拉夫士兵被捕入狱，德意轴心国在此建立了纳粹的傀儡国家——克罗地亚独立王国。同时，这里也成了反法西斯主义者、共产主义者、塞尔维亚人、犹太人和吉卜赛人的集中营。但是更多的抵抗组织如雨后春笋般涌现，有切特尼克，支持南斯拉夫王国政府的南斯拉夫人（主要是塞尔维亚人）组成的"二战"时期著名的抵抗力量，后来成了美国军队在欧洲的盟军；由克罗地亚人约瑟普·铁托领导的共产主义者组成了南斯拉夫民族解放军。随着切特尼克游击行动在塞尔维亚的蓬勃发展，纳粹德军对平民展开了疯狂的报复。德国人为了钳制游击的行动，使用了"每杀死一个德国国防军士兵就要由 100 个塞尔维亚平民偿命，每打伤一个德军则要 50 个平民偿命"的残忍惩罚措施。

尽管损失异常惨重，但是南斯拉夫民族解放军依然继续战斗。其中大部分是住在波斯尼亚和克罗地亚的塞尔维亚人，还有一小部分是犹太人和吉卜赛人。他们以 170 万条生命伤亡为代价，给侵略者以沉重的打击。

1944 年，已发展到近百万人的南斯拉夫民族解放军与苏联红军配合，解放了贝尔格莱德，将轴心国军队赶出了塞尔维亚。贝尔格莱德战役结束后，苏联红军撤军回国。1945 年，南斯拉夫的其他地区也得到了解放。新的南斯拉夫联邦人民共和国宣告成立，定都贝尔格莱德。

实际上只有几分钟，但车厢里的人觉得仿佛过了半个世纪。

"没事了，是自己人！"上尉的声音让大家的呼吸和心跳又恢复了正常。

此时，从拦在专家小组车头前的军用吉普车上下来一个人，然后军用吉普车掉头开走了。

车队又继续颠簸着前进。

"联合国调查小组"的卡车上多了一个人。他是克罗地亚总统的代表，人类学家席缪·安德里洛维克博士。安德里洛维克博士也是阿格隆的老师，他特地从萨格勒布来这里等候Dr.Lee和他的"联合国调查小组"。只是他上车的方式实在令人吃惊不小，尤其是在这种特殊时期，又在塞尔维亚、克罗地亚、波斯尼亚军事力量犬牙交错的地区。

在颠簸的车厢里，按照"客人有优先知情权"的国际礼仪，阿格隆首先向Dr.Lee介绍了自己的老师，Dr.Lee也向安德里洛维克博士逐一介绍了调查小组的全体成员。几乎没有多余的寒暄，他们就马上在颠簸的车厢里开始工作了。

安德里洛维克博士向 Dr.Lee 和调查小组介绍克罗地亚的情况。

克罗地亚（Hrvatska），全名克罗地亚共和国，位于欧洲中南部，西临亚得里亚海，在巴尔干半岛西北部和潘诺尼亚平原的交界处，是前南斯拉夫六个加盟共和国之一。克罗地亚共和国领土面积 5.66 万平方公里，人口约 406 万。采行议会共和制，行政区划分为 20 个省。亚得里亚海海岸有一千多座岛屿。气候多样，以大陆性气候及地中海式气候为主。克罗地亚主要民族为克罗地亚族，人口占总人口 90% 多，主要宗教信仰为天主教，克罗地亚在 1991 年从南斯拉夫社会主义联邦共和国宣布独立。

可能因为安德里洛维克博士是科学家的缘故，他又着重向专家们介绍了克罗地亚的文化。

克罗地亚和塞尔维亚、斯洛文尼亚、波斯尼亚一样，有着自己传统的民族文化和艺术。因为领土面积大部分是岛屿和分散的村落，克罗地亚的大量传统文化艺术品都集中在首都萨格勒布。建立在罗斯福特广场的米马拉艺术博物馆主要收藏着维尔德和米马拉的艺术作品。米马拉博物馆是克罗地亚国内最著名的艺术博物馆，馆内收藏着几千件不同时期的艺术品，其中有上千件为博物馆的永久性展品。这些作品从史前到 20 世纪，

全面而具有代表性地展示了克罗地亚各个历史时期的艺术成就。博物馆里，文艺复兴时期意大利著名画家拉斐尔的作品、威尼斯画派画家乔尔乔涅的作品蜚声海内外。

同样让克罗地亚民族自豪的，是建立于1889年、坐落在萨格勒布市中心的植物园。植物园占地4.7公顷，高于海平面120米，是萨格勒布大学的一部分。它种植着世界各地的乔木和灌木1万多株，其中一部分是从国外远道而来。而最年轻的克罗地亚稚拙艺术博物馆，虽然建立于1954年，却是克罗地亚最大、最现代化的当代艺术博物馆。博物馆收藏着大量克罗地亚艺术家的作品。油画、印刷品、版画、摄影、雕塑和电影拷贝、媒介艺术，充分体现了克罗地亚与世界同步的发展状况。而且，世界上唯一一本以亚麻布为载体、讲述伊特鲁利亚人历史的《亚麻书》，就收藏在萨格勒布考古博物馆。

这些博物馆为克罗地亚民族收藏着、记录着历史。而这每一件灵魂之作都凝聚着艺术家的智慧和汗水，讲述着一个个扣人心弦的故事。

Dr.Lee 认真听着安德里洛维克博士的介绍，他明白，安德里洛维克博士之所以要这么细致入微地介绍克罗地亚的地理和文化，是希望"联合国调查小组"的专家们，能够更深刻地体会克罗地亚人对自己民族、自己文化的感情，能够感受像他一样的克罗地亚人对自己文化的热爱，从而帮助他们争取克罗地亚地区的和平稳定。

安德里洛维克博士在 Dr.Lee 注视自己的目光中感受到了理解和认同。

每一个克罗地亚人都感受到前所未有的恐怖，他们为自己民族的生存担忧。安德里洛维克博士不希望克罗地亚曾经有过的辉煌，未来只能在博物馆看到，甚至连博物馆也像眼前的村落一样，被战争摧毁。为了千千万万个克罗地亚人在地球上生存的权利，为了民族的未来，他支持自己的学生阿格隆在国际社会呼吁舆论关注，又借助了阿格隆的老师、卓越的"国际神探" Dr.Lee 的声誉，促成了联合国派出调查小组，到克罗地亚鉴定"万人冢"死者的身份，期待有朝一日把刽子手以战争罪的罪名送上审判台。

"战火最初是从波斯尼亚燃烧起来的。军队进入波斯尼亚烧杀抢掠。我们不能眼看着邻居被欺负，其实波斯尼亚人，包括塞尔维亚人，我们曾经都是那么好的'一家人'。"安德里

洛维克博士说，"欧洲有过血的教训。当年，希特勒也是使用这种手段，他每入侵一个国家，就会向这个国家的邻国宣布：'这是我对别国领土的最后一次要求。'所以整个欧洲以难以想象的速度落入了法西斯的魔掌。就像西方流传的那个故事所说的，如果我们在刽子手向我们的朋友挥起屠刀时不闻不问，那么屠刀下的下一个头颅就是我们自己的。"

"当时的情况非常危急，如果没有国际社会的关注和军事力量的打击，塞尔维亚军队很快就会越过山头，攻克我们的首都。我们整个克罗地亚共和国也会沦陷。"

安德里洛维克博士的介绍，让调查小组的成员暂时忘记了身在颠簸的车厢里，忘记了随时可能降临的危险。

"我们想了解一下我们的工作环境。我们的仪器设备和救援物资到了吗？"卡车剧烈颠簸造成的震荡使芭芭拉·沃尔夫博士脸色苍白，她控制着一阵阵的胃痛问安德里洛维克博士。

"仪器设备和救援物资今天夜里到。只是，专家们恐怕将要在非常恶劣的环境下工作。那里远离城市，村落也已经被夷为平地，生活设施几乎没有。'万人冢'的挖掘才刚刚开始，而且进行得特别不顺利。他们为了掩盖罪行，在通往'万人冢'的道路上和'万人冢'上面都埋了地雷。据说尸体里也埋藏着

地雷和手榴弹。"安德里洛维克博士一边说，一边用满含歉意

的目光看着大家。

▲ 风光旖旎的克罗地亚

▲ "联合国调查小组"奔赴"万人冢"现场

05

万人冢

空气中弥漫着尸体腐烂的恶臭，目光所及之处杂草丛生，一片荒凉，更远处是毫无生息、布满残垣断壁的村庄。

这是"联合国调查小组"即将开始工作的第一个工作现场。

附近有一个军用验尸房，原来是准备为在战争中丧生的士兵验尸用的，现在要用来作为挖掘出来的尸骸临时停放处。紧挨着军用验尸房新建了几间临时建筑，这是 DNA 实验室。里面架设着这一次调查小组带来的联合国人道组织捐赠的仪器设备。在离实验室和验尸房不远的空地上，搭起了十几顶喷着国际红十字会标志的帐篷。这些帐篷一部分作为联合国小组专家们的临时住宿，还有一部分是为远道而来寻找失踪亲人的家属准备的。

作为"联合国调查小组"的负责人，Dr.Lee 在阿格隆的陪同下，和安德里洛维克博士一起仔细地检查着尸体解剖室和DNA 实验室的准备工作。安德里洛维克博士一再为无法为"联合国调查小组"提供更好的工作条件而道歉。Dr.Lee 却告诉安德里洛维克博士，他不是第一次在这样的条件下工作了。以前，一般都是在"万人冢"旁边临时搭建一个验尸台，能像这样提供一个军用验尸房和 DNA 实验室给调查组，已经是一件很奢侈的事情了。现在要考虑的是挖掘尸体的工作怎么开展，鉴定结果会如何，接下来他们将要进行的工作困难重重。

阿格隆以学生身份邀请他的美国老师，有着"国际神探""现场重建之王"声誉的 Dr.Lee 为主的"三剑客"组成"联合国调查小组"，到克罗地亚来为"万人冢"的尸体鉴定死亡原因及身份，有几方面原因：一方面是借助他们的国际声誉，因为他们的调查报告在国际法庭上最具有证明力；另一方面是克罗地亚现在十分迫切地需要有一位经验丰富的专家指导他们进行工作。而 Dr.Lee 是最合适的人选。还有就是，经过战争，克罗地亚现在百废待举，科研工作停滞和科学家的断层尤其厉害，亟须尽快恢复起来。所以，当"联合国调查小组"安全降落在联合国安全区、安德里洛维克博士向总统作汇报时，总统在电话中一再提醒他，要不惜一切代价和 Dr.Lee 达成协议，必要时他本人也可以飞过来亲自向 Dr.Lee 求助。这也是安德

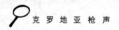

里洛维克博士没有及时赶在军用直升机降落在"联合国安全区"之前去等待调查小组的专家，而是在半道上迎候他们的原因。

"我们能不能现在就到现场观察一下？"Dr.Lee 问。在他看来，任何时候，现场都是第一重要的。在美国，即使当了鉴定中心主任、警政厅长，遇到重大案件，他还是经常以最快的速度出现在现场。

"老师要去当然可以，但是今天可能只能远距离观察，因为……"阿格隆有些为难地看了看 Dr.Lee，又看着安德里洛维克博士。

"既然 Dr.Lee 要去现场，阿格隆你就快去通知上尉队长，让他先带特警队把附近搜索一遍。如果指挥官还没有走，请他也带一些人过来支援，确保调查小组专家们的安全。"安德里洛维克博士指示阿格隆。

"那，老师你们最好能晚半小时再出发。"阿格隆说着就去安排了。阿格隆知道，越到要开展工作的时候，Dr.Lee 和"联合国调查小组"专家的安全保障越要尽可能地做到万无一失。

半小时以后，Dr.Lee 集合了调查小组的成员，乘车来到离"万人冢"不远的一个小山丘上。

安德里洛维克博士指着不远处一大片看不到头的、荒草丛生的乱山岗，告诉"联合国调查小组"的专家们，那里就是"万人冢"了。安德里洛维克博士说，知道调查小组的时间特别紧，克罗地亚方面原来计划在他们来之前，把一部分尸体先清理出来，这样专家来了以后就可以立刻开始鉴定工作。但是挖掘工作刚刚开始就不得不停下来，因为塞尔维亚军队在"万人冢"周围埋了地雷。

"工作人员只进行了试探性的挖掘，就已经造成了不小的伤亡。现在他们只能做一些前期准备工作。"安德里洛维克博士说。

阿格隆也说："我们在这方面几乎没有任何经验，不仅挖掘无法进行，同时，这里离村庄比较远，尸体挖出来之后如何处理，用什么方法能够尽快鉴定死亡原因，同时找到死者的亲属，以确认他们的身份，也是一筹莫展。"阿格隆是 Dr.Lee 的学生，这方面的工作是由他负责的。这样的话由他来说比较合适。

虽然对"万人冢"附近有地雷有思想准备，但当真听到挖掘工作中有人被炸伤，伤亡还不小时，专家小组也立刻觉得问

题有些棘手。

　　一群人看着远处荒凉的乱山岗，为怎么解决地雷问题面面相觑。他们只是科学家，主要的工作是鉴定，而不是挖掘。但是如果不能把尸体挖出来，鉴定就无从谈起。想到所乘的军用直升机险些被击落，想到颠簸不已的军用卡车好不容易排除千难万险到达现场，可是却不能挖掘，大家都有些不甘心，难道……

　　这时，一只动物从芭芭拉·沃尔夫博士脚下的草丛中钻了出来，吓了她一跳。原来是一条狗，只是它毛发蓬乱、瘦骨嶙峋。奇怪的是，这条狗看上去并不怎么害怕他们，甚至它都有些不想离开芭芭拉·沃尔夫。迈考尔博士向狗跺了跺脚，弯腰捡起一个小土块向狗扔去，狗吓得跑了几步，又停下来，站在不远的地方看着芭芭拉·沃尔夫博士。

　　"看我的！"麦克·巴顿说着，捡起一块更大的土块准确地砸到了狗身上。"嗷……"狗叫了一声，惊恐地蹿了出去。突然，"轰隆"一声，狗被炸碎了，在扬起的尘土中，被抛得老高又落回到地上。这一切完整无遗地呈现在所有人面前。

　　"那是什么？怎么回事？"芭芭拉·沃尔夫博士惊魂未定，

手指着狗被炸死的地方，声音都颤抖起来了。

"那就是'万人冢'，野狗碰到地雷了。"阿格隆指着硝烟未散地方说。

魏区·赛诺看了看爆炸的地方，又看了看麦克·巴顿，说："如果仅仅是野狗自身的重量，不足以引起地雷爆炸，是因为加上了你的土块重量，地雷才炸响了，所以这条野狗的不幸死亡，账要算在你头上，每一条生命都是无辜的。当然，你的贡献是完成了一个实验，体重太重在这里风险极大，甚至可以说是非常危险的。"

听上去有根有据，魏区·赛诺对刚才的"爆炸事件"做了科学性结论。

"你的结论证据不足，法庭不予采纳。"麦克·巴顿不动声色地双手十指交叉放在腹部，侃侃而谈："第一，我的土块是砸到了野狗身上，起到的仅仅是惊吓作用，而没有增加狗的体重。第二，这条野狗第一次受到迈考尔博士的打击以后，虽然离开了，但居然没有走远，可见是对我们漂亮的芭芭拉·沃尔夫博士怀有企图。在这种危险的情况下，绅士是不能袖手旁观的。还有……"

看到魏区·赛诺打算开口反驳，麦克·巴顿松开交叉的双

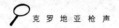

手，竖起右手的食指轻轻地对魏区·赛诺摇了摇，接着说，"从心理学上判断，对于被打击对象来说，因为第一次打击不力，很有可能会激发它更加强烈的反抗。所以再次打击必须加大打击力，以确保安全。"

两位科学家的对话对女记者希瑞来说，简直是一堂生动的物理课，兼精彩的法庭辩论，她后悔只顾着拍照，而没有把他们的表情录下来。但是几天相处下来，她知道这一场"法庭辩论"的最终裁决者是谁，所以，她打开摄像机镜头对准了Dr.Lee。

果然，Dr.Lee开口了。

Dr.Lee说："通常情况下，狗如果没有主人在旁边是害怕陌生人的，尤其是我们这么多人在一起。之所以它没有离我们太远，原因是，第一，这是一条母狗，附近一定有它刚出生不久的小狗；第二，虽然它现在形象非常糟糕，但是我看得出，它是一条拉布拉多，所以这条狗以前一定是有主人的，而且女主人很有可能和我们的芭芭拉·沃尔夫博士长得有几分相像，或者她衣服上有它熟悉的香水味或者动物的气味。芭芭拉·沃尔夫博士，不好意思，问你一个私人问题，你可以不回答，请问你家里养狗了吗？"

芭芭拉·沃尔夫博士向 Dr.Lee 点点头："我养的也是拉布拉多。"

芭芭拉·沃尔夫博士一直单身，一条拉布拉多被她当作家人一样。

接着，两位特种兵在上尉的示意下，搜索了附近的草丛，果然发现了两条刚出生不久的小狗。

这下，所有人都被 Dr.Lee 的分析惊呆了，只有魏区·赛诺一脸未卜先知的表情看着 Dr.Lee，不停地点头。希瑞的摄像机及时录下了所有人惊讶的表情。当她把镜头转向魏区·赛诺时，魏区·赛诺用眼神示意她，继续去拍摄 Dr.Lee。因为魏区·赛诺知道，Dr.Lee 的分析还没有结束。

于是，希瑞赶紧又调转镜头对着 Dr.Lee。

"从物理学上分析，土块虽然不增加被打击对象自身的重量，但是由于惊吓，被打击对象奔跑速度的加快，可能是引起引线手榴弹爆炸的原因之一。哦，稍微解释一下我的判断，爆炸的也许不是地雷，而是手榴弹。"

Dr.Lee 没有让希瑞的摄像机白等，他看了麦克·巴顿一眼，抬起脚先轻轻地走了两步，然后又跺着脚重重地走了两步。轻走的时候，地面上没有任何反应；重重的两步，脚下立刻扬起

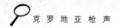

尘土。这样的现场试验结果，连麦克·巴顿也只有点头称是的份了。

"万人冢"附近埋着地雷，鉴定工作受阻，大家的心情已经很沉重了；现在看着刚出生不久的小狗失去了妈妈，所有人的心里就更加不是滋味了，尤其是芭芭拉·沃尔夫博士，她一手抱起一只小狗。

"不必悲伤，也不必谴责谁，世界上任何事情的发生都有其原因和道理。这只狗之所以流落到这里，我猜想应该是它的主人就在'万人冢'里，或者它曾经眼睁睁地看着它的主人在这里被枪杀；或者它的主人在其他地方被害，它追着主人的尸体跟到了这里。与其让它在这里痴痴地、痛苦地等待根本不可能再出现的主人，倒不如让它随主人一起走了。同时，它也以它的生命为代价，提醒我们那里埋着地雷。那颗地雷如果不被狗引爆，受伤的也许是我们中间的一位。就算是它为我们做的最后一点牺牲吧。"Dr.Lee 看出来专家们的情绪有些低落，宽慰大家。

"狗是人类最好的朋友，愿小狗的妈妈和它的主人一起升入天堂吧。"希瑞及时把摄像机镜头对准了还没有睁开眼睛的小狗，给这一段视频配上了画外音，作为结束语。

"希瑞将来一定是位出色的记者"，Dr.Lee 的这句话并没有说出口，他只是看了希瑞一眼，用眼神传达着这样的信息。希瑞这几天和他们一样克服着种种困难，记录调查小组的工作，同时，还不忘照顾芭芭拉·沃尔夫博士。"一个漂亮聪明、出身于非常富有的家庭却没有'娇骄'二气的女孩子，这样努力，必定会有出息。"Dr.Lee 看人的眼光历来很准。

"按照人权法，造成了伤害是要给予补偿的，请允许麦克·巴顿先生对已故打击对象的遗孤尽抚养责任。"迈考尔博士发表了意见，"当然，作为第一实施打击方案的本人，虽然没有造成最终伤害，但也有不可推卸之责任。所以'遗孤'将来如果进入高等学校接受教育，产生的教育费用本人自愿承担一部分。如果麦克·巴顿先生发生财务危机，或者存在其他不可抗力的意外，本人或者可以承担全部费用。"

迈考尔博士略带调侃，但逻辑严谨、措辞得当的演讲让大家的情绪轻松了许多。

麦克·巴顿的脸色却出奇地严肃起来。他看了看小狗，又看了看不远处的"万人冢"，沉思片刻以后，认真地对 Dr.Lee 说："Dr.Lee，你是不是给我们上上课，怎样避免被地雷或者

手榴弹炸到？"说着，他又看了看魏区·赛诺。魏区·赛诺也赞同地连连点头。

离开美国以来，两个人第一次意见完全统一。他们知道Dr.Lee有这样的知识和能力。三个人搭档了很多年，私下里，他们也一直奇怪，这个中国人为什么能无所不知、无所不能，尤其是军事方面的知识，是一般科学家根本无法具备的。而且，这么多年，Dr.Lee从不让他们失望，这也是他们心服口服的原因。每每他们两个人讨论到这个问题时，魏区·赛诺总是用这样一句话代表他的意见，也总是用这句话做总结："所以是他担任警政厅的厅长，而不是你和我。"

"好吧，因为回去以后我们每一位专家还有大量的准备工作要做，目前情况特殊，我就在这里给大家讲讲怎样避免受到地雷和手榴弹等的伤害吧。这方面的问题，现场教学比较直观，你们也容易接受。我先从简单的地雷知识分析开始。"

于是，Dr.Lee指着前面的"万人冢"开始现场教学：

"地雷因为埋在地下，是一个非常危险的隐患。由于它所具有的威力巨大，稍不注意就会造成极大的伤害。但是只要细心，还是能够发现埋地雷的蛛丝马迹的。首先，在进入现场之前，应该仔细观察地面。比如，原来有草的地方，突然草没有了，或者枯了，甚至颜色不一样了；或者，哪个地方的土高出了地面或者凹了下去，都值得我们注意。一句话，只要出现反常现象，就应该引起大家的高度警惕。

"另外，还要分析埋地雷人的心理。埋地雷是为了不让其他人靠近目标，所以一般会在入口和出口，或者最接近目标的地方。再就是要了解地雷的种类，有些地雷踩上去就会爆炸，有些地雷则抬起脚才会爆炸，有些呢，会和其他的地雷连在一起，踩一颗炸一串。这种地雷一般是用来阻止近距离搜索的，会横着排雷，炸的时候也是左右连在一起炸。还有些地雷是前面走过去后面爆炸。除了地雷，引线手榴弹的伤害也比较大。它通常挂在两根枝条中间，人或动物走过绊着引线，就会引起爆炸。大家如果看到草丛中有小树枝，就要特别小心了。"

听到这里，所有人的目光立刻像激光般扫向草丛。

"这里还牵扯到当时这支队伍所用武器装备的来源。"Dr. Lee 当作没有看到大家的反应，继续说道，"比如，是德国造还是俄罗斯造？或者是当地的土造？如果是当地的土造，应该是踏上去就爆炸，或者抬脚就炸。因为延时爆炸需要一个装置，他们匆匆忙忙的，应该没有这个准备。"

Dr.Lee 专业、细致，有实践经验，又有科学理论，深入

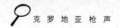

浅出的教学，短短的时间就让包括上尉队长和指挥官在内的所有人，了解了关于怎样避免地雷以及手榴弹造成伤害的知识。

"我们没有时间做这么多的了解呀？"芭芭拉·沃尔夫博士说。刚才两条小狗妈妈的死，使得她一直心有余悸。她说这句话的时候，眼睛是看着麦克·巴顿的。她希望他能向 Dr.Lee 提出问题。麦克·巴顿绅士风度十足，带着安慰的微笑对芭芭拉博士说："你不要着急，我相信 Dr.Lee 已经有答案了，而且还有了措施。"

"三剑客"的默契，不是虚传。

"是的，我们不需要做这么多的了解。"Dr.Lee 接着麦克·巴顿的话说："前面讲的只是普及一下地雷及手榴弹引爆的知识，是知其所以然的知识，现在将结果告诉大家……"

"太神奇了！他怎么会知道的这么多？真不愧是名副其实的国际神探！"安德里洛维克博士反复思考着 Dr.Lee 分析，在心里赞叹不已，情不自禁地连连点头。他想起来总统的最后一句话："必要的时候，我本人去……"

安德里洛维克博士非常想更多地了解 Dr.Lee。他的学生阿格隆从美国学习归来，很多方面都有了突飞猛进的进步，尤其在专业知识方面。这让他这个老师心情特别复杂：一方面，对自己学生的进步感到欣慰；另一方面，虽然他从不怀疑学生对 Dr.Lee 的介绍，但是因为他没有直接接触过，所以心里总觉得里面有年轻人崇拜老师的成分。但今天的亲眼所见、亲耳所闻，让他不但从心里否定了自己的怀疑，而且对 Dr.Lee 充满了钦佩，很快钦佩又变成了崇拜。他希望在这几天里能够从 Dr.Lee 那里学到更多的知识，也圆满地完成总统的计划。

"我不会让您亲自来的。"安德里洛维克博士心里默默地对总统表示。

"从刚才对那条狗的情况分析来看，这里的地雷应该大部分是踩上去就炸和引线手榴弹那种，应该是当地制造。这种地雷杀伤力不大，造成的危害当然也不会太大。所以我建议，由专业人员进入现场，先分析出现反常的地方，进行个别引爆，然后再大面积挖掘。进入现场时大家都注意脚步，要注意草丛中是否有地雷引线手榴弹，当然由体重较重的人走在前面，后面的人会比较安全。"

Dr.Lee 的现场教学课结束了，后面的话大家都知道他是半开玩笑。能够在死亡笼罩的此刻有条不紊地布置工作，举重若轻地化解压力，诙谐轻松地调整整个团队的情绪，仅仅这几

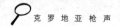

点就不是普通人所能达到的境界。

"进场前的扫雷引爆工作由我们特种部队完成。"上尉说完，马上看向指挥官。

"请专家们回去讨论吧。我们所在的位置太高，周围虽然已经进行过搜索，但还是存在危险。另外，各位专家平时也要多注意安全。对于'联合国调查小组'的到来，克罗地亚方面一直封锁消息，但是因为要为尸体做DNA鉴定，最近这里来了不少寻找亲属的难民，所以情况就变得比较复杂起来。大家小心为妙。"指挥官及时提醒大家。

指挥官已经完成了护送任务，原计划今天回战斗部队。但是安德里洛维克博士是总统的特使，他的要求代表总统，所以指挥官今天又留下了。

"即使地面扫雷工作进行得再好，挖开了'万人冢'，尸体中也可能还会有地雷和手榴弹，有什么方法应对吗？"回去的路上魏区·赛诺继续问Dr.Lee。他是个特别严谨的人，对任何事情都要了解得清清楚楚。

"我有办法！"

"你？希瑞？"

车厢里的人都看着希瑞。每次她都会坐在最前面，这样才有机会捕捉到一些珍贵的镜头。她听到魏区·赛诺问 Dr.Lee 的问题，突然想开个玩笑。在大家惊奇的目光中，希瑞慢慢转过头，对着大家默默地闭上眼睛，合起双手煞有介事地说："祈祷吧！"

合情合理，但不解决问题，大家都被她逗笑了，但笑过以后又都沉默了。是啊！危险无处不在。战争不就是在制造灾难和危险吗？而那些无辜的人，那些躺在"万人冢"中不知道姓名、没有了亲人的一具具尸骸，他们何罪之有，要遭此涂炭？他们活着的时候何尝不是每天都在祈祷？在最无助的时刻，也许祈祷是他们唯一能做的事情了。

10 月的克罗地亚已经是深秋了，路边长得很高的一丛丛枯黄的茅草，在风中无力地被扯来扯去，显得那么的肃杀。仅有的几棵树，经历了炮火的创伤也伤痕累累，枝干上不肯落下的几片树叶在风中颤抖着。树大概也在慢慢修复中，希望来年长得更好一些。

眼前的一切，令每个人心里都沉甸甸的。

所谓"万人冢"，是带有些许文学性和情感性的表达，跟中国诗歌中说的"万骨枯"有点类似，一般是指埋葬无辜者的数量比较多或超过一定程度，而在克罗地亚，"联合国调查小组"将要进行尸体调查鉴定的，却是一个真正科学和法律意义上的"万人冢"。他们的鉴定，对克罗地亚，对整个巴尔干半岛地区的局势，甚至战争能否迅速结束，以什么样的方式结束，都将起到至关重要的作用。

刚才他们观察的这个"万人冢"，是根据卫星拍摄到的塞尔维亚军队的一次奇怪行动推断出来的。照片显示，在一个夏初之际，塞尔维亚军队占领了离这里不远的一个小镇以后，接连很多天都做着同一件事情，就是将平民赶至小镇的一座废弃的仓库。敞篷车驶入小镇时，车上站满了人，驶出时，人就变成了尸体，像积木一样被堆积在车里。这些照片虽然没有正式公开，但几乎同一时间，一名克罗地亚女记者向媒体报道了这个奇怪的行动，证实了这个事件的真实性。

联合国安理会都希望能找到这位女记者，了解更多的情况。他们通过发表文章的媒体联系上了女记者，她有大量照片实证，也愿意提供给国际社会。

几乎同时，又发生了斯雷布雷尼察屠杀事件。又是那位女记者以"公然践踏《日内瓦公约》、无视联合国的保护，巴尔干发生最惨无人道的性别灭绝行动！"为报道题目，向国际社会披露了事件真相。文章这样写道：自战争以来，斯雷布雷尼察被称作在联合国的保护下"最安全的五个区域"之一，成千上万名心存希望的难民投奔到这块贫穷、肮脏但相对安全的地方来寻求庇护。然而，这个地区似乎也成了种族灭绝的目标，尽管当时有荷兰维和部队承担这里的保护任务，塞尔维亚武装力量仍然对这块保护区发动了突袭。他们占领保护区以后，把男人与妇女、儿童分离开来，将男人全部杀害。估计这场大屠杀造成了 8000 名男性死亡。此外，其余那些无辜的难民也没有逃脱厄运，成千上万名手无寸铁的难民被赶至附近的森林或者空屋里进行屠杀。

女记者对塞尔维亚武装力量暴行的谴责，对无辜平民惨遭杀戮的愤怒力透纸背！她发出呐喊："我们无法宽恕刽子手！是他们残杀了那些手无寸铁的平民；是他们在平民家中，在街道上肆意屠杀生灵；是他们在我们的民族大家庭中播下仇恨的种子……"

几乎世界各国的媒体都转载了这位女记者的文章，东西方社会对巴尔干半岛发生的事件开始密切关注。

但自此以后女记者却再没有了消息，她最后活动的地点就

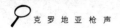

是寻找埋葬尸体的地点。不久，首先报道这两次事件的当地报纸也像人间蒸发一样无影无踪了。

"联合国调查小组"目前的挖掘地点，就是克罗地亚政府根据女记者的报道，以及其他综合线索找到的埋葬难民尸体的地方。

要挖掘"万人冢"对尸体做死亡原因鉴定，不仅挖掘的工作量大，技术上也有一定的困难。因为正常的尸体鉴定，一般都是在死亡时间不太长，而且保管较好的情况下进行，而这一次，即便位置准确，尸体也至少是一年前的。克罗地亚政府考虑到这次鉴定工作的难度，除了安排本国斯普利特医院的法庭科学小组全员协助"联合国调查小组"工作以外，还调集了当地其他医学院的工作人员参加。同时，要求特种部队的几十位士兵，在做好安保工作的同时，也随时随地准备为调查小组提供各种帮助和服务。

对克罗地亚来说，这是一个非同寻常的、不可或缺的证据；对"联合国调查小组"来说，这是一次几乎难以完成的任务。

车在继续前行，Dr.Lee 闭着眼睛，看上去在休息，但脑子里却一刻未停。现在，第一个问题已经解决了，后面的工作更有难度。他知道魏区·赛诺的习惯，知道他还在等着自己的答案。他睁开眼睛转过头，果然看到魏区·赛诺在看着他。多年的默契让两个人不由得相视一笑。然后，Dr.Lee掏出便笺纸，迅速地写下一行字，交给了魏区·赛诺。魏区·赛诺边看边不停地点头。

大家知道，那张纸上一定写着 Dr.Lee 的答案。但是Dr.Lee到底写了什么，为什么不公布出来，又使大家好奇万分。

其实，Dr.Lee 写的是："根据我的经验，地雷和手榴弹应该埋在最上面一层，因为这样才不至于造成埋尸体的人伤亡。至于怎么避免伤害？我觉得希瑞的建议不无道理，祈祷再加上各人的运气。"

车队终于到达目的地了，Dr.Lee 对安德里洛维克博士和阿格隆说："请你们到我的帐篷来一下。"然后，又对大家说："请各位专家好好休息，我们明天要开始工作了。"

"明天？"希瑞转过头，难以置信地看着 Dr.Lee。在她这个外行看来，一切还毫无头绪。

"明天！准备好你的照相机和摄像机！"Dr.Lee 再一次重复了自己的安排。

▲ "联合国调查小组"在克罗地亚"万人冢"现场

06

没有硝烟的战役

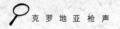

明天就可以开始"万人冢"尸体的鉴定工作！不要说女记者希瑞不相信，就是 Dr.Lee 的克罗地亚学生阿格隆也觉得不可思议。

因为摆在"联合国调查小组"，尤其是 Dr.Lee 面前的最大困难，也是必须解决的问题，是鉴定比对物的缺失。这个国家刚刚经历过一场战争，有的地方战火还没有完全停止。调查小组要鉴定的是"万人冢"的尸体，而不是一场事故的几具尸体。这些人来自哪里？他们的亲人在哪里？小镇被毁了，村庄被毁了，医院被毁了，安全区没有了。也就是说，对于"万人冢"挖掘出来的尸体几乎任何记录都没有，用什么来比对？对比物不仅是缺失，甚至可以说几乎没有。情报显示，尸体埋了一年，那必然已经腐烂，死因鉴定将极其困难。

在人类社会中，亲人的遗体对于每一个家庭来说都非常重要。发生任何事故，需要做的第一件事，就是对被害人的遗体进行辨认，将遗骸交给亲人。

阿格隆在 Dr.Lee 的鉴定中心学习过，所以他特别记得 Dr.Lee 一次次组织他们到现场进行实践的情景。为了便于学习掌握，Dr.Lee 把尸体辨认的方法总结归纳为两大类、九种方式。

一类五种是完整尸体辨认方法：

第一类，尸体外部鉴识。

第一种，直接辨认法。请死者的亲戚、朋友或熟人辨认尸体，确定尸体身份。

第二种，通过被害人的随身物品进行身份辨认。这是一种间接辨认方法，很容易出错，也属于外来方法。随身物品包括衣物、首饰、身份证、照片等。用这种方式辨认尸体比较直观简单。因为直观、简单，也很容易出差错，所以很多专家不会单独依赖这一种方式，而是把它作为参照方法使用。

第三种，指纹鉴定。顾名思义，就是将死者的指纹与保存的指纹记录进行对比，或录入指纹自动识别系统（AFIS）进行搜索比对。

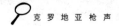

第四种，用体表形态特征进行识别。区别在于自然体表形态特征和外来特征。胎记、伤疤、纹身等属于自然体表形态特征；头发、发型、肤色、脸型、银镯、手表、胸针、钥匙等属于外来体表形态特征。

第五种，通过死者身上安装的人造器官编号和医院患者记录、义肢、假牙对比医疗记录来辨认死者。医院的外科手术记录，以及使用过X光或其他技术的记录，都可以用来识别死者身份。

第二类，尸体内部鉴识。

这是创伤性事件中，比如火灾或飞机失事，死者的尸体遭到破坏或不完整时的辨认方法。法庭科学家们一般会采用以下方法进行身份的同一认定：

第一种，请法医人类学家对尸体或残骸进行检验。法医人类学家可以根据骨骼特征推断死者的种族、性别、年龄、身高及其他个人特征。当然，仅有这些法医人类学家的检验结果，还不足以准确鉴别尸体身份，但如果将这些检验结果和高度识别个人身份的医学手段结合起来，就会很有价值。此外，法医人类学家还可以帮助确定死亡原因、死亡方式以及其他相关事项。

第二种，通过牙齿进行个人识别。法齿学家可以通过某人齿系的 X 光照片得出其生前的诸多信息，从而确定这个人的身份。关于这一方面，阿格隆特别向 Dr.Lee 请教过，记得 Dr.Lee 简单介绍了"是否修补矫正过的牙，牙齿多少判断年龄，磨损决定食物，烟渣（垢）、咖啡决定生活方式"。

第三种，通过人体组织或骨骼的遗传标记进行个人识别。法庭科学家一直用人体组织和骨骼中的 ABO 血型来进行身份识别。在那些只有一具尸体或尸体数量确定的案件中（如在一场空难中有 4 人丧生或某个墓穴中有 2 具尸体），ABO 血型分型或红细胞同工酶多态性分型，都能为同一认定提供信息。

第四种，通过 DNA 分型进行个人识别。DNA 鉴定技术得到了迅速发展。无论是在刑事案件的调查过程中，还是在发生天灾人祸需要确定死者身份时，都要用到 DNA 技术。可以从人体组织或骨骼样本中提取细胞核 DNA 和线粒体 DNA，为个人识别提供信息。只有在确定了死者的身份范围，并有其他技术辅助的情况下，才能用线粒体 DNA 来进行个人身份的同一认定。因此，要成功地进行 DNA 鉴定，就需要事先明确死者的身份范围，或者从死者的家属或 DNA 数据库中提取已知的 DNA 样本。目前他们要进行鉴定的是数量大得惊人的"万人冢"，所以根本无法用遗传标记来进行身份认定。而且以上

这些现有的鉴定手段，也几乎都不起作用。

　　"联合国调查小组"到达克罗地亚"万人冢"鉴定现场的第一个夜晚降临了。这里属于半海洋性气候，太阳落山后气温骤降。这一地区的建筑物基本上都被炮火夷平了，没有了人气，天黑风起之后，立刻给人一种阴森森的感觉。不远处就是"万人冢"，周围帐篷又时不时传出思念亲人的、伤心绝望的哭泣声，更使这个深秋的夜晚增加了令人惊悚的恐惧。

　　这一天晚上，克罗地亚境内很多在战争中失去了亲人的家庭，都收到了一张表格。表格内容非常详细：姓名，性别，身高，体重，血型，年龄，发型，面貌，从事过什么职业，是否有明显的特征，是否做过任何的手术。尤其是失踪时所穿的衣服，包括内衣鞋袜，佩戴的首饰，等等。表格的下方有一段附言："除了表格上的内容，希望你能够提供更多你的失踪亲人的资料。"

　　这张表格在这个午夜传遍了附近的村庄和小镇，而且要求他们立刻填写，交给来人带走。这个晚上，还有几种身份的人被政府有关人员"打扰"了。他们分别是医院的负责人、医生和牙医。工作人员希望他们能尽可能地提供医院的就诊记录。

但负责联系医院负责人和医生的工作人员非常失望，因为医院被炮火摧毁殆尽，资料被销毁一空。联系牙医的工作人员收获比较大，当牙医听说他提供的牙诊记录能为"万人冢"遇害人辨认身份时，立刻表示，虽然牙医诊所的资料也没有了，但只要在牙医诊所就诊过的患者，他都记在脑子里了。如果需要，他愿意去现场帮助进行尸体辨认工作。

伊万妮卡·乌阿提库校长夫妇和很多人一样，拿到表格却迟迟不愿意填写，似乎填了这张表格他们的亲人就真的失踪了。而在这之前，他们都对亲人生还抱有期望，他们一直希望亲人只是暂时联络不上，战争一结束，他们就会回来。

伊万妮卡·乌阿提库校长戴上老花镜，把表格看了一遍又一遍，然后摘下眼镜抬起头看了来人一眼，又默默地把表格递给了一直用惊恐的眼神看着自己的妻子。伊万妮卡·乌阿提库夫人接过表格看清了内容，把头深深埋在两只手间哭了起来。校长站起身，一言不发地走到妻子身后，伸出双臂轻轻揽着夫人颤抖的双肩说："只是调查失踪的人……还不是……"说着，他从妻子手上拿过表格，回到自己的书桌前，戴上老花镜仔仔细细地、一笔一画地填了起来。

伊万妮卡·乌阿提库校长这辈子填过数不清的表格，这是他最难填的一张，每写一个字，都觉得手上的笔有千斤重。

他们的女儿伊万妮卡失踪已经快一年了。

伊万妮卡非常出色。和千千万万个父母一样，在他们夫妻看来，世界上所有的优点都集中在自己聪明伶俐、美丽善良的女儿身上了。他们很希望从小就能歌善舞的女儿能够像父亲一样，成为一名受人尊敬的教师。乌阿提库就是从普通教师一步一步变成了校长，几十年来，他一直是这个镇上最受人尊重的人之一。但是女儿却更喜欢当记者，尤其在她交了一位非常出色的小伙子做男朋友之后。于是校长就劝伊万妮卡的母亲："孩子希望做记者就让她去吧，我们克罗地亚这么美好的山山水水，也需要有人报道出来呀！我们的女儿这么聪明，将来一定是一名出色的记者。也许有一天我们的伊万妮卡会成为祖国的骄傲。"

当了记者的伊万妮卡果然非常出色，拍了很多漂亮的照片，向全世界介绍美丽的克罗地亚风景。但后来战争爆发了，灾难降临到克罗地亚的每一个家庭。和平的美好时光随着炮火纷飞一去不复返。伊万妮卡变忙碌了，她和她的记者朋友日夜奔波，哪里发生战火就往哪里跑，终于有一天，她拿着速记簿，背上照相机，离开了家。校长夫妇只能从报纸上得到女儿的消息，从此他们更加提心吊胆。有一天，他们看到女儿报道了塞尔维亚人屠杀平民的事件，不久就发现有一些陌生人出现在他们家附近。乌阿提库校长知道他们的女儿有危险了。他们想尽一切办法联系伊万妮卡，希望伊万妮卡不要回家。

一年前的一天，邻居把一张纸条悄悄地塞给乌阿提库校长，父亲看出这是女儿的笔迹。伊万妮卡告诉爸爸妈妈，她要回家看望他们。他们永远记得那天晚上，伊万妮卡穿着一件黑色的长袍出现在他们面前。母亲紧紧地抱着伊万妮卡说："孩子，有人要抓你，快走！"伊万妮卡让母亲放心，说："没有关系，这个时间是安全的。我们在附近等了很久，我的朋友们都在外面。"那个晚上，是战争爆发以来他们一家最幸福愉快的时光。在母亲眼里，女儿虽然瘦了，但是更加精神了。伊万妮卡轻声提醒母亲，"妈妈，快给我做点吃的，我还要带走一些。我们都饿坏了。"

伊万妮卡的母亲把家里吃的东西全都拿了出来，乌阿提库校长把自己酿的葡萄酒也拿了出来。伊万妮卡和父亲喝了几口，开心地说："爸爸，棒极了！等战争结束了，我们回来一定喝个酩酊大醉。这个，我带去给我的朋友们喝。"伊万妮卡晃着

没有喝完的酒。

眼前的女儿还是那样乐观、爽直，比以前更加懂事了。

又要分别了，母亲舍不得，把伊万妮卡从头打量到脚："孩子，以后不要再冒险回来看我们了，我们看到报纸上的消息就知道你好好的。你联系你的男朋友，你们尽快到国外去吧。"伊万妮卡告诉母亲，她和男朋友阿格隆一直保持着联系，男朋友正在为克罗地亚争取国际援助。母亲看了看伊万妮卡的鞋，说："孩子，我给你拿一双轻便一点的鞋吧。你到处跑，还穿这么厚跟的鞋。"伊万妮卡笑了，反问母亲说："妈妈，你忘了？我的鞋跟可是要藏秘密的。"说着还向父亲眨了眨眼睛。

伊万妮卡走了，但时间不长她又匆匆回来了，交给他们一个小盒子，叮嘱说："爸爸妈妈，请你们帮我保管好。战争结束以后，如果我没有回来，就把这个还给他，让他再找一个好姑娘。"原来小盒子里是阿格隆送给她的戒指和项链。

乌阿提库校长一笔一画地在失踪人口表格上填上了女儿的名字，心里的痛楚难以言表。在"特征"一栏，校长写下"右肩头有一块红色胎记"几个字。想了想，乌阿提库校长又对来的人说："你刚刚说，'联合国调查小组'来了，你们等一等，我们一起去。如果那里没有我们的女儿，我们就放心了；如果有她……再让我们看女儿最后一眼。"这位父亲艰难地说出这句话。于是他们收拾了几件简单的衣物，和送表格来的人一起出门了。

这个夜晚，那些亲人失踪的家庭，灯光都整夜未熄。填写了表格，就希望很快有人来敲门送结果；或者，敲门的就是他们失踪的亲人。

这个夜晚，"联合国调查小组"正在调查"万人冢"真相的消息也不胫而走。

一份份失踪人员调查表被送到了"联合国调查小组"所在地，工作人员把表格分成两类，一类是军队的，一类是平民的。

Dr.Lee 的帐篷集工作、休息于一体，他在这里，一边和安德里洛维克博士商量后续工作细节，一边等着消息反馈。听到牙医愿意到现场来帮助辨认，他们特别欣慰，显然，这会加快"万人冢"尸体鉴定的速度。

这时，帐篷外传来了卡车发动机的轰鸣声和"咩咩"的羊叫声。下午他们离开现场之后，特种部队的士兵立刻开始扫雷。考虑到即使进行了地雷个别引爆，还可能会有"漏网之鱼"，

Dr.Lee 又决定让羊群在"万人冢"上再走一遍，以确保安全。

看着这些准备工作有条不紊地进行，安德里洛维克博士觉得 Dr.Lee 真是一个潜力无限的天才。

其实，从离开美国，到刚才听到准备工作已经在卓有成效地进行，Dr.Lee 的心才稍微有所安定。他到过太多的案发现场，包括其他的"万人冢"，但是要在这么短的时间里出具鉴定结果，特别是克罗地亚目前还处在局部战争中，他和他的专家小组随时随地都有可能遇到危险，对此他感到压力非常大。所以，他得抓紧一切时间，快速调动自己大脑中的知识和经验，先解决当下面临的问题，然后尽可能地提前思考可能出现的困难。

无论如何，他们不能无功而返，那样不仅辜负了联合国的期望，辜负了总统夫人的亲自嘱托，也辜负了小组成员对他的信任，更有悖他多年做人做事的原则。当他决定用调查表的方式，用去医院、牙科诊所寻找患者就诊资料的方式，尽可能地找到比对物时，他的心情也是忐忑不安的。毕竟只有不到 10 个小时的时间了，到底能有多大的收获，他没有把握，不过，哪怕先只有一部分也是好的。他知道，安德里洛维克博士是总统的特使，也就是说，关键时刻，安德里洛维克博士是可以动用他的特殊身份进行工作的，只要他们能够为"万人冢"的尸体辨认出正确的身份和正确的死亡原因。

事实证明他的判断是正确的。

收集失踪人员调查表，而且要在天亮之前把全部或者至少一部分拿到现场，安德里洛维克博士最开始觉得 Dr.Lee 的这个决策完全是不可能的，但是除了这个方式又想不到其他的方法，于是他不得不请示了总统。总统的回答非常明确：尽一切可能、不惜一切代价，依照 Dr.Lee 和"联合国调查小组"的要求推进工作。结果，他们成功了！不，应该说是 Dr.Lee 成功了！而且从早晨开始在他的眼皮下不止一次地成功。

"你要睡一会儿吗？"安德里洛维克博士问。

Dr.Lee 站起来，伸伸胳膊，弯弯腰。想到明天即将开始的大规模挖掘，和接下来更加困难的尸体鉴定工作，他想休息会儿，但是从安德里洛维克博士刚才问他的语气中，他又听出他有重要的问题想和自己讨论，于是 Dr.Lee 对安德里洛维克博士说："我需要休息 10 分钟，但是你不要离开。10 分钟以后你开始讲你要讲的问题，你觉得行吗？"

"不用了，Dr.Lee，你太累了，需要好好休息。天亮以后

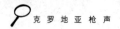

还有大量的工作在等着你，我的问题可以以后再……"安德里洛维克博士还想说什么，耳边突然响起了一阵鼾声。他回头一看，Dr.Lee 已经在小小的帆布行军床上睡着了。

行军床很小，原来上面是有被子和枕头的，Dr.Lee 躺下的时候，被子都没有来得及拉开，所以他半个身体压在了叠得整整齐齐的被子上。安德里洛维克博士很想帮 Dr.Lee 盖上被子，但又怕惊醒他，于是他拿了一件衣服搭在 Dr.Lee 的身上。

安德里洛维克博士抬起手腕，看了看时间，不知不觉他们从现场回到这里已经整整工作 10 个小时了。这 10 个小时，加上从早晨五点开始的 10 个小时，共 20 个小时，Dr.Lee 指挥了一场战役，一场看不见硝烟、看不见战场，却时时处处关系到调查小组成员生命安危，又关系到这个民族正在经历的这一场战争，关系到千千万万条生命的价值，关系到战争能不能结束，以什么样的方式结束等问题的战役。

还有不到两个小时天就要亮了，一番最关键的攻坚克难即将展开，但安德里洛维克博士充满了信心，这份信心主要来自眼前这位躺在窄帆布行军床上正酣然入睡的人。

"他名副其实！"安德里洛维克博士心里感叹着。他甚至不知道，在这世界上还有什么是 Dr.Lee 不能解决和不能预料的，想到这里，他就感到前所未有的踏实。于是，他摘下手表放在枕头边："至少让他睡两个小时，自己也要睡一会儿了。其他的事情天亮再说。"

"你现在可以提问题了，如果你还醒着的话。"迷糊中，安德里洛维克博士听到有人说话，而且还好像是在和自己说话。他突然清醒了，是 Dr.Lee 在和自己说话。他声音平静清澈，丝毫没有刚睡醒或者勉强说话的感觉。

安德里洛维克博士瞄了一眼枕头边上的手表，不多不少正好 10 分钟。

安德里洛维克博士不想开口，他想让 Dr.Lee 继续睡一会儿，于是他又悄悄地闭上眼睛，不动声色地继续装睡，还放轻了自己的呼吸。

"我知道你已经醒了，而且我还知道，你想讨论的问题不是关于这次挖掘'万人冢'和尸体辨认的内容。"平静的声音又从行军床那边传了过来。

"那我们就躺着聊聊可以吗？如果聊到一半你想睡，就继续再睡会儿。虽然我们做了这么多的安排，但真正的工作明天才开始。你是我们所有人的灵魂。"安德里洛维克博士知道自

己装不下去了。

"工作是大家做的。就像失踪人员调查表，这一夜不知道有多少人在奔波。但是我接受你的建议，我们就躺着聊聊。"Dr. Lee 的声音轻轻的，感觉他闭上了眼睛。

"我很好奇，你说休息 10 分钟，就一分不多一分不少。而且，你怎么知道我刚才已经醒了？"

于是，两个男人开始了特殊的"卧谈"，在战火未熄的克罗地亚，在"万人冢"附近，在行军帐篷里。

Dr.Lee 告诉安德里洛维克博士，是从他的呼吸声判断出来他已经醒了。Dr.Lee 说："人想装睡的时候，反而心跳会加速，呼吸会比真正睡眠中的呼吸要加重和短促一些。"当然，通常声音和观察应该同时进行，但因为他们是在一个非常安静的环境里，所以他不必起床观察就能够做出判断。至于自己的睡眠为什么会正好 10 分钟，Dr.Lee 说也许是多年锻炼的结果，也许是责任使然。今夜，克罗地亚或者是巴尔干地区，有多少人连这 10 分钟也睡不着。

安德里洛维克博士知道，Dr.Lee 是指那些失去亲人的人们。

"那你又怎么知道我问的问题不是关于这次'万人冢'尸

体鉴定的呢？"安德里洛维克博士又问。

Dr.Lee 说，如果是关于"万人冢"尸体鉴定的问题，那就是他们这次来的工作范围，任何时候都可以拿出来讨论。但听刚才安德里洛维克博士说话的语气，显然不是，所以他判断可能是两方面的问题：第一个是关于阿格隆工作的安排，想征求自己的意见；第二个……说到这里 Dr.Lee 停了停，仿佛是在思考什么，又仿佛是在组织表述的语言方式，然后才接下去说："国家分裂了，各方面的人才都在流失，战争结束以后，怎么才能尽快培养出一批人才来，尤其是刑侦鉴识科学方面的人才。你是带着总统的使命来的，一定不仅只为这次'联合国调查小组'的工作，可能还希望向我了解，这方面美国是如何，也可以直截了当地说，我们是怎么进行的。还有就是希望得到美国的帮助。我说的对吗？"

如果不是担心自己起来 Dr.Lee 也会跟着起来，安德里洛维克博士真想立刻翻身坐起来。最后，他只是翻了个身，深呼吸平复自己的激动，把两只手垫在后脑勺下，深深地出了口气感慨道："这一次能够和你一起工作，实在是太幸运、太有意义了！我向你学到了很多东西，你让我想得更远，更长久。确实，我是带着总统安排的任务来的。阿格隆的事情我们先放一

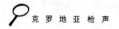

放，总统让我向你请教的问题，你刚刚已经为我们想到了，未来我们应该怎么办？我们怎么样才能尽快培养起自己的科学家队伍？在一般人看来，这只是个教育问题，但是我反复考虑了，好像又不仅仅是教育问题。我是教授，我看到了阿格隆到你身边以后发生的变化。他回来跟我说了一些，说真的，刚开始我并不怎么在意，后来我慢慢才明白。尤其这次你来到克罗地亚，你处理工作的节奏和方法，我更加觉得，这不仅仅是教育问题。所以关于以上两个问题，我很想听听你的意见。如果你能教教我，我将十分感谢！"安德里洛维克博士想了想，最后又补充说，"如果某些内容不方便说，我也非常理解。"

帐篷里突然安静了，而且时间很长，甚至安德里洛维克博士都以为 Dr.Lee 是不是又睡着了。就在他准备抬头确认一下时，又响起 Dr.Lee 的说话声：

"其实这两个问题是同一个问题。如果我没猜错的话，你，也可以说你们国家，原来的计划是培养阿格隆作为领头羊的，但是现在……"

安德里洛维克听到从 Dr.Lee 行军床方向传来了一些动静，还听到了骨关节活动的声响。他闭着眼睛，听到 Dr.Lee 又继续说：

"阿格隆确实非常优秀，这不是我的功劳，除了他天资聪明，还有你的教育。他学习非常刻苦，我想他自己原来也是希望成为这一行的佼佼者，所以在美国，我教了他很多东西。他学得非常快。但是这一场战争改变了他，有些事情我们没有去经历，无法代替他理解，也无法代替他做决定。他可能不会再希望自己仅仅当一名教授搞鉴识科学了。当然这一场战争改变了很多人，所以你现在面临的实际上是怎样弥补人才断层和后续培养两个问题。我们先说培养，这首先当然是教育范畴的问题。但你说好像又不仅仅是教育问题，我是能理解的。因为表面上看，全世界的教育都一样，老师教、学生学。但是环境不同，教和学的方法就有所不同。我们两个国家体制不一样。美国自南北战争以来，国内本土和平了100多年。它的教育是在一个非常自由，同时又非常严谨的状态下完成的。虽然没有一种方法可以完全克隆，但可以借鉴。你希望了解我是怎么教学、我的这一支队伍是怎么形成的，但是我又必须先介绍美国的教育方式和我的工作环境。"

于是安德里洛维克博士就听到了关于美国的教育方式，和Dr.Lee 的授课方法。

美国教授在供职的本校，工作时间实际只有九个月，工资

也只有九个月，其他几个月的时间是自由的。他们一般都利用这段时间做研究，或学习或以客座教授、荣誉教授的身份去外校授课。

正常情况下，本校给一位教授每周安排三堂课，一堂课三到四个学分。但是有些课程，全世界只有少数几位教授能够开，而这几位教授课程又安排不过来，于是学校就等教授有时间了才开课，甚至在学生快毕业时才开课，也是有可能的。

"现在说说我是怎么教学、我这支队伍是怎么形成的。美国国家公务员一天工作时间是七个小时，星期六不工作。在我去实验室工作和担任中心主任期间，为什么还能继续在大学授课？大学给我安排一学期的授课是四十个课时，我星期六在实验室继续工作，发生了案件，晚上、夜里也要到现场，我把多工作的时间用于教学，就不矛盾了。"

"我们确实给康州培养了很多鉴识科学方面的人才，方法就是让学生把在课堂的学习和案发现场的实践结合在一起。当然这种结合只有州警鉴识中心主任、学校系主任和教授是同一个人才能做到。在职的州警知道今天晚上我的授课内容，他可以去听，也许学习的知识在第二天的工作中就用上了。而我允许学鉴识科学的学生到案发现场观摩，或到实验室见习。现场观摩处理完毕，第二天带到课堂上讨论，实验室见习则是让他们知道毕业以后工作的实验室是什么样。而庭审时学生、警察又可以一起去旁听。课堂、现场、实验室、法庭四者结合。上法庭就是检验物证结果，警察和学生们耳朵听到的、眼睛看到的、手做过的全部拿出来进行实践检验，看看是否正确。并不是每一位教授都有条件这么做，尤其并不是每一位实验室主任都敢这么做。特别是庭审，厉害的律师什么刁钻古怪的问题都提都问，如果实验室主任做的实验不正确，或者答不出，不光是自己没有面子丢了脸，也会给学生造成心理阴影。"

Dr.Lee 的介绍让安德里洛维克博士醍醐灌顶，大开眼界。如果不是亲耳听到，他是绝对不会相信的。

"我鼓励学生们提问题。学生提问题，哪怕是刁钻的，哪怕是错的，我都认为是非常好的问题。至少让你考虑一下为什么是错？总比他坐在那里做白日梦好。而怎么解释给他听能够启发他，希望他能听进去、思考出来，这就是我反复揣摩的了。当教授的，切忌照本宣科不去启发学生。"

讲到教学，Dr.Lee 总是很有兴致：

"我记得中学上物理课时，有过这样一个笑话：开学当天，老师把一条物理原理与公式写在黑板上，结果他写错了。我们

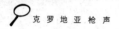

抄黑板，当然也是错的，到学期结束我对着物理书一看……可想而知，当时的心情是多么复杂和震惊，所以要鼓励学生多提意见，教学相长。"

安德里洛维克博士自己也带博士生，他不禁感叹，Dr.Lee的"教学相长"正是现在很多教授缺少的，或许方法好学，心胸和见识反而最难，所以才导致一些论文答辩或者研讨会，一大摞一大摞资料，却没有多少是有价值的。

Dr.Lee 说到这里，突然想起到克罗地亚来的前一天，在海边案发现场的那个刑警小队长蒂姆。他从西点军校毕业，加入警察队伍后还在继续学习。他把这个小故事讲给安德里洛维克博士听，"这一行需要热血青年，但更需要科学的精神和专业的知识"。

安德里洛维克博士说："全世界能做到这样的，除了你没有第二个！"

"也不尽然。"Dr.Lee 说，"今天是你想了解，也是在目前这样一个特殊的环境下我才对你说这些。将来克罗地亚可以继续送学生到我那里去学习。"

天亮了，帐篷外面有了人声，不远的地方传来了零零星星的枪声。在这个国家，枪声已经是司空见惯、不足为奇的事情了。帐篷虽然有防晒、防水涂层，但是天亮以后还是有光透了进来。安德里洛维克坐了起来，这才看到 Dr.Lee 一直躺在地上锻炼身体，难怪刚才听到了骨关节活动的声响。

"老师们早啊！我给你们送茶和咖啡来了。"

帐篷外面响起了阿格隆的声音。Dr.Lee 一个鱼打挺迅速从地上站了起来，向帐篷门口喊了一声："进来。"

所有的动作仿佛都是在一眨眼之间完成，这又让安德里洛维克博士惊讶万分。

帐篷门被掀开，阿格隆拎着一个炮弹箱子走了进来，随他进来的，还有一股寒湿的新鲜空气。

Dr.Lee 把帐篷的小窗帘卷了起来，虽然隔着一层塑胶，阳光还是从不大的窗户透了进来。他转过头看着阿格隆问，"你从哪儿弄来的咖啡啊？还有茶叶？嚯，还有报纸。你还记得我的习惯。"

"报纸是军用直升机一早捎过来的，又有一批失踪人员调查表送到了。茶叶是我提前准备的。开水是刚刚烧的。"阿格隆一边回答 Dr.Lee 的问题，一边像变戏法一样，在小桌子上摆起了茶具和咖啡杯，又接着说："迈考尔博士效率真高，第一时间就对这里的水源进行化验，并且立即给政府提交了化验报告。政府已经发了通告，因为塞尔维亚军队在这一地区埋了大量尸体，所以这里禁止取水。我们的饮用水都是军用卡车从很远的地方拉过来的。"只有一点他没有告诉两位老师：他原来不相信"联合国调查小组"今天就能开始挖掘"万人冢"，为尸体做鉴定，经过一夜的准备工作，他相信了。

两位老师相视一笑，是啊，有这样的学生还是非常开心的事。

"有什么消息要告诉我们，先说好的！"Dr.Lee 打开了报纸。见阿格隆熟练地倒茶，他又笑着对安德里洛维克博士说："阿格隆除了跟我学习鉴识科学，还学会了泡中国茶的功夫。"

"不愧做过你的学生，回答问题准确、有序、完整。"安德里洛维克博士由衷地夸赞道。

羊群已经在"万人冢"上跑了两遍，挖掘现场基本安全了，昨天夜里又有一些失踪人员的家属到了附近的村里。阿格隆果然先说了好消息，"特种部队加强了警戒，最近这里的情况会比较复杂。有消息说，一支塞尔维亚武装正在向我们这个方向运动，目标是哪里，目前还没有准确的消息。但是有一点是可以肯定的，'联合国调查小组'要为'万人冢'的尸体做鉴定的消息已经传出去了，而且'国际神探'空降克罗地亚已成为各个媒体的头条。所以，如果这支塞尔维亚武装部队的目的地是这里，他们应该是来阻止挖掘工作的。"阿格隆给 Dr.Lee 端上了茶，手指着 Dr.Lee 手中打开的报纸上的一段文字说："有一个新的名词非常有趣，说老师你和'联合国调查小组'是国际神探和他的'天才三剑客小组'。"

"Dr.Lee 确实是天才。"安德里洛维克端起了咖啡，他不习惯喝茶。

"好茶！"Dr.Lee 端起茶喝了一口，马上接着说："我们中国有一句老话，叫作'兵来将挡，水来土掩'，塞尔维亚武装不归我们指挥，我们也管不了他们。我们的工作是今天开始挖掘'万人冢'！"

07

让证据说话

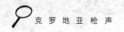
"满腹悲鸣、满腔愤怒"都无法形容"联合国调查小组"以及所有参与挖掘"万人冢"现场人员的心情。

沉默……沉默……除了沉默还是沉默，每个人都能听到耳边呼呼的风声，自己重重的呼吸声和眼前这些死于非命、无辜冤屈的亡魂发出的呜咽声。

几乎同时，所有的人都摘下帽子，深深地低下头，向这些苦难的生命默哀。

一串串眼泪沿着希瑞的脸庞落下来，镜头下，一具具僵硬的尸体变得模糊起来。她腾出一只手擦掉了眼泪……尸体又变得模糊起来，她闭上了眼睛……

万人坑中有的两具尸体紧紧地拥抱在一起，应该是一对兄弟吧；有的一大一小两具尸体，大的即使死了，两只胳膊还用力地伸向小的，这是父亲在最后一刻还想保护自己的孩子吧；有的双手在背后被绳索绑着；有的身体扭曲着，头颅使劲地向上或者向后仰着，挣扎的姿势仿佛在告诉人们，他们是被活埋的！当土一铲一铲、一堆一堆倒向他们的时候，他们还在呼喊着：我要活！我要活呀！

而更多的尸体是横七竖八，胡乱地堆积在一起。

"联合国调查小组"的成员原本是不需要到现场参与挖掘的，但由于时间太紧，加上他们知道，Dr.Lee 昨夜通宵达旦为今天的挖掘、鉴定工作做了准备，所以也坚持直接到挖掘现场来。

"万人冢"所在的位置有一个共同的特点，基本上都是位于山间河谷、牧场草地的边缘，距公路 330 英尺左右的土地下或公路附近的斜坡上。而且，这些地方周围都有灌木丛和很深的野草。所以从"联合国调查小组"驻地到"万人冢"挖掘现场，军用卡车只能行驶公路这一部分，余下的小路需要步行。这一段路存在着极大的危险。除了脚下有可能会出现塞尔维亚武装力量布下的地雷，附近还有可能埋伏着狙击手。这些大大小小高于小路的灌木丛，远处起伏的山峦，都给狙击手提供了非常好的隐蔽条件，又便于狙击手完成任务后迅速撤离。虽然担任保卫任务的特种部队沿途布了岗，但是如果狙击手是有目

标而来，他们会在一群人当中锁定目标，而且必定弹无虚发。

"联合国调查小组"到克罗地亚鉴定"万人冢"尸体死亡原因的消息，不仅让制造屠杀事件的武装力量很紧张，同时也引起了当地观察员的一些议论。当地观察员担心，进行挖掘和尸体认定工作将会在其他战区一次又一次地重演。寻找"万人冢"是一项缓慢而又成本巨大的工程，而且，因为现实和政治因素，几乎不可能找到所有的"万人冢"。甚至有官员称，与其行动，不如选择遗忘——因为进一步的调查只会让局势变得更加紧张。但是，另外一种观点则认为，彻查巴尔干半岛暴行的真相是非常必要的，一方面是为了寻求人类的公平正义，另一方面则是为了创造恒久的国际和平。好在联合国持后一种观点，他们认为，如果不能为受害者主持正义，那么复仇的欲望在日后必定会演变成另外一场战争。联合国人权观察员也认为，"万人冢"的掘尸工作具有非常重要的意义——因为它是人类潜藏和现存的兽性的记录。自纽伦堡审判以来，这种要"将战争犯绳之以法"的呼声之高，是前所未有的。

以 Dr.Lee 为核心的"联合国调查小组"是第一支到克罗地亚地区工作的专家团队，他们认定结果的报告至关重要，他们的行动也必将引起多方的关注。

Dr.Lee 走在专家们的最前面，他的前面是特警队员。

克罗地亚人身材高大，特警队员无形中起到了人墙作用，这使得阿格隆和安德里洛维克博士可以稍微放心些。大家都清楚，如果有狙击手，他们的第一目标毫无疑问是 Dr.Lee。无论是此次任务中 Dr.Lee 承担的角色，还是他个人的国际影响，都会让他成为首要目标。而麦克·巴顿和魏区·赛诺两位专家也代表"联合国调查小组"全体成员极其郑重地提醒克罗地亚方面，无论如何都要保证 Dr.Lee 的安全。在一群西方人中间，Dr.Lee 这张唯一的东方面孔目标太显眼了，任何一个担任狙击任务的人，都可以毫不费力地找到他。所以，虽然调查小组每一位专家的安全都必须受到重视，但是 Dr.Lee 的安全尤为重要。安德里洛维克博士最后决定，由阿格隆担任 Dr.Lee 的贴身警卫。所以无论是在军用卡车上，还是在进入现场的路上，甚至在挖掘现场，阿格隆都和 Dr.Lee 形影不离。

而此时此刻的 Dr.Lee 对这一切好像浑然不知，并且因为平时自己到野外现场已是家常便饭，他倒是特别提醒几乎都是在实验室或者法庭工作的麦克·巴顿和魏区·赛诺注意安全，尤其是麦克·巴顿，因为他个头高大，体重最重。Dr.Lee 还

要求特警队专门为两位女士配了警卫。现在他的所有注意力全部在工作上，既要保证任务的完成，同时也要保证专家们的安全。所以，下了军用卡车，他还是按照惯例走在最前面，还不时提醒专家一定要按照特警队的要求，依次跟着前面的人，不要拉开距离，不要散开行进。

经过大约半个小时的时间，他们到达了挖掘现场。

Dr.Lee 不止一次到过"万人冢"现场辨认尸体，但是眼前的这个规模之大，还是出乎他的预料，也超出所有人的想象。因为这一次事关塞尔维亚武装对克罗地亚地区平民屠杀的证据认定，所以克罗地亚政府在"联合国调查小组"到来之前就对"万人冢"进行过试探性挖掘。因为塞尔维亚武装力量在"万人冢"旁设置了诡雷陷阱，甚至把地雷、手榴弹和被害人埋在一起，造成了挖掘人员的伤亡，挖掘工作被迫停止。直到Dr.Lee 根据现场观察和以往的经验，设计了先清除拉线手榴弹，然后进行了几步排雷步骤，挖掘工作才又重新开始。因为现场太大，时间又特别紧，他们调来了挖土机，这样大大加快了挖掘的速度。虽然也时有地雷和手榴弹在尸体中被发现，让大家心惊胆战，但是挖掘工作还是大面积进行了，并且取得了明显的进展。

"联合国调查小组"到达后，就直接进入现场进行尸体的挖掘和清理工作。而身着伪装服、头戴钢盔的特警队员，则立刻占领了"万人冢"四周的制高点。他们和原来担任警卫的武装人员一起，重新组成了新的警戒线，以确保"联合国调查小组"专家和挖掘工作人员的安全。

Dr.Lee 眼前的"万人冢"，成片的尸体有的被挖了出来，清理干净了；有的虽然还没有挖出来，但是一具具尸体的轮廓在土层下清清楚楚，凄惨的景象令人不忍直视。

专家们也动手，将死者的骨头、衣物和其他带有死者个人特征的证据从一堆腐烂的尸体中分离出来。这是掘尸过程中最令人毛骨悚然的工作。

经过一段时间的挖掘和清理，部分现场渐渐清晰了起来。很明显，很多尸体的埋葬是匆匆忙忙进行的，所以士兵的尸体和平民的尸体堆在一起，老人的尸体和年轻人的尸体搭在一起，成年的、孩子的、男性的、女性的尸体摞在一起……

芭芭拉·沃尔夫博士和几位当地的工作人员，清理出了一堆十分奇怪的尸体群：有些胳膊缠着布条，有些旁边有木杖样的东西，还有的手臂上连着一根细细的管子，管子的另一头连

着一个玻璃瓶。经过进一步清理，终于发现这些都是伤病员。缠在胳膊上的布条是绷带，木杖样的东西是腿部和脚部受伤的伤员拄的拐杖，而那手臂上连着的细细管子和玻璃瓶是输液管和输液瓶。

一百多具尸体横七竖八地躺在地上，他们曾经是战士，可是在他们死亡的那一刻，或者在死亡之前好久，已经是失去战斗力的残疾人了。

如果是第一天见到这样的情形，女记者希瑞一定会说，《日内瓦公约》规定，他们是已经放下武器的伤兵，应该享受平民的待遇，是不应该被杀戮的。但是现在她只能含着眼泪，默默地拍下眼前的一幕，在灭绝人性的屠杀面前，重申条约显得那么无力。

"请大家戴好防护口罩，这些尸体已经高度腐烂了。"毒物检测专家迈考尔在另外一个尸体群旁提醒工作人员做好防护措施。他们挖掘的那个尸体群大部分身首异处，四肢残缺不全。很显然，是被处以极刑的。

麦克·巴顿和魏区·赛诺在"万人冢"最靠边的地方，眼前是一堆几乎已成木炭状的尸体。和以往一样，他们叫来了

Dr.Lee，三个人经过短暂的分析，得出结论："这些尸体是被焚烧过的，而且焚烧前被泼过燃油。"很显然，屠杀制造者想毁尸灭迹。

经过观察尸体所呈现的一系列情况，结合以往的经验，Dr.Lee判断，这个"万人冢"应该是经多次屠杀，并在不同时期处理尸体形成的。

第一批被挖掘出来的尸体，经过清理停放在"万人冢"旁刚搭起的简易手术台上，经过检查，他们大部分人都是多处受伤而死，包括枪伤和刺刀伤。随着越来越多的尸体被挖掘出来，手术台不够用了，尸体只能放在"万人冢"坑边的地上，再后来就直接在"万人冢"内清理出一块块地方，把尸体一排排分行编号停放好。现场已经来不及做进一步的清理和鉴定工作了。"联合国调查小组"决定，将挖掘出来的尸体简单清理后，直接装进黑色编号的尸袋，抬上箱式卡车，直接送实验室和解剖室。

"三剑客"集中在一起，站到了一个稍高的土坡上，这里可以看到大部分已经挖掘开的现场。根据目前所看到的情况分

析，因为尸体太多，为了尽快掩埋，塞尔维亚军队应该动用了推土机。他们应该也尝试过用火焚烧尸体。

"你们有没有发现，这里清理出来的能够看得清楚的大部分遇害者都是男性，而且……"Dr.Lee 的声音不高，但是足以让两个搭档听得清清楚楚。

"是的，我也注意到了，虽然还没有上手术台，但是根据尸体的骨骼、穿戴以及形状基本可以下这个结论。"麦克·巴顿附和道。

"我同意你们的判断！"魏区·赛诺接着麦克·巴顿的话说。他的语句非常短促，因为他的眼睛一直盯着他面前的一些尸体，而且这也是三个人长期讨论案情形成的风格。这是"三剑客"非常默契的地方。三个人在工作中都会非常直接地表述自己对事情的看法和判断，有的时候因为意见相左各不相让而发生激烈辩论，但都尽可能地让对方阐述自己认为正确的意见。当然更多的时候是三个人经过认真的讨论，最后达成共识。这和他们平时在一起互相开玩笑完全不一样。

今天，三个人经过一段时间的挖掘和观察，简单就第一印象交换了看法，说出了自己的判断，但是并没有向其他人表达。作为科学家，他们的结论应该建立在科学鉴定、多种调查研究求证的基础上。

　　"最大的那个尸体堆已经开始挖掘了，由于尸体太多，克罗地亚政府临时调来了一些冷藏设备，正在安装。"安德里洛维克博士告诉 Dr.Lee。

　　"你们来看看这几具尸体。"魏区·赛诺依然没有抬头，只是伸出手向两位搭档示意了一下。

　　"有什么奇怪的吗？"

　　"这几个人是捆在一起的。"

　　麦克·巴顿看到五具尸体被一根绳索捆绑在一起，嘴巴里都塞满了东西。

　　"其中有一个好像是女性。"魏区·赛诺从尸体旁边站了起来。

▲ "铁证如山！"手持遇难者骨骸照片的安德里洛维克博士

▲ 悲痛的亲属寻找遇害的亲人

08

伊万妮卡的下落

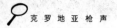

██████████

只有当你身临其境地站在那块土地上，并与那些妻离子散、家破人亡的人亲身交谈的时候，才会真正感受到战争给人造成的难以平复的伤害，也才能对人类历史残酷的一面有更深刻的认知。

此时此刻，原来以为已经做好一切精神准备的专家们仿佛都崩溃了。这种崩溃，来自视觉、来自心灵、来自人性中对美好善良的向往。是啊，不久之前，甚至昨天，一家人还其乐融融地在一起共享天伦之乐，转眼间就已撒手人寰、阴阳两隔。那些曾经精致温暖的房宅，现已是断壁残垣，荡为寒烟。这场暴行破坏的力度之大、范围之广，令人难以置信！那里的人们经历的苦难之深，受到的荼毒之深，让人不忍触碰。战争的残酷，生命的脆弱，无时无刻不在提醒这些来自文明国家的专家们，这里曾经经历过的邪恶、野蛮、惨烈、灭绝人性的杀戮。而有的地区仍正在重演着这一幕幕人间惨剧。

后来，当他们重新回到熟悉的生活环境，回到亲人同事的身边，回到和平温柔的空气中、阳光下时，他们甚至有一种冲动，冲动地想不顾一切地拥抱见到的每一位亲人，每一位朋友，甚至每一位陌生人。他们想发自肺腑地告诉每一个人：珍惜吧，珍惜现在拥有的每一分一秒的和平时光！珍惜吧，珍惜彼此之间的亲情、爱情、友谊！珍惜吧，珍惜每一条美丽的、珍贵的、鲜活的生命！

因为这一切并不是永恒的。

而对于"三剑客"来说，他们的感受似乎还比其他人更多一些，更深刻一些。他们觉得名誉、地位、财富、金钱都是浮云，都是身外之物，只有生命才最宝贵，只有生命的价值才最值得珍视。

也正因为当时有那样深刻的感受，调查小组的专家们才在那些日子里，每一个人都竭尽所能地克服困难，克服恐惧，超负荷、超范围地工作着。

除了鉴定尸体，他们不但帮助克罗地亚的工作人员将尸体从"万人冢"中挖掘出来进行清理、尸检，还和他们一起会见

死者家属，帮助死者家属认领亲人的遗体，安慰那些失去亲人的人们。

"万人冢"里尸体堆积如山，各种姿态惨不忍睹，但是几具尸体捆在一起的情景还是第一次见到，而且尸体完好的程度比较高。魏区·赛诺对尸体解剖也颇有研究，这更加引起了他的注意：几具尸体被捆在一起，说明死亡原因可能是被活埋，因为人死了再掩埋是不需要捆在一起的。尸体完好，证明他们被埋的时间还不是太长。

"他们应该是一个团体。"可是为什么他们会被捆在一起呢？"三剑客"一起观察，他们注意到其中一具尸体特别小，很像一个孩子。照相记录后，Dr.Lee 让工作人员解开了捆尸体的绳索。尸体被分开了，清理掉泥土以后，他们发现那具特别小的尸体虽然从外形上看很像孩子，但脚上却穿了一双女人的靴子，浑身上下都裹在一件长长的黑袍子里，甚至头都被裹着。由此，他们判断这可能是一个女性，或者是女孩。果然，当工作人员掀起黑袍，女性服装立刻显现出来。不难想象，在他们遭遇不测时，三个男人还在努力地想保护他们的女同伴。

因为他们的衣着和尸体还有很高的辨识度，Dr.Lee 决定把这几具尸体立刻编号装入尸袋，送往医院进行鉴定。

偌大的解剖医院，除了运送尸体汽车的马达轰鸣声和默默把尸体抬进验尸房的工作人员的脚步声，几乎听不到其他的声音，尤其听不到人说话。运送尸体的汽车大部分从医院的后门进出，驾驶和搬运尸体的工作人员都穿着齐膝的防水靴，戴着厚厚的橡皮手套和面具。

尸体被抬进验尸房以后，"联合国调查小组"的专家和工作人员根据尸体的腐烂程度和鉴定需要进行分类。医院的不锈钢手术台上，带轮子的担架车上，刚刚安装好的尸体储存柜里，甚至地面上都放满了尸体。

这里的手术台和普通医院的手术台有所不同，手术台一头是一个大水池，手术台下放着一个不锈钢大桶。所有手术台上都没有床单，或者任何类似的东西，只是冰冷的不锈钢台面……

事实上，在这里它们都被称作"解剖台"，因为没有任何活着的生命需要"手术"。

验尸房门外的大厅和过道上，放置着一排排连在一起的简易塑料椅。来医院辨认亲人尸体的亲属们，有的默默站着，有的坐在简易塑料椅上。

亲属大部分都是头上裹着黑色三角巾、身上穿着黑色衣服的妇女，手上拿着失踪亲人的照片，战争夺走了她们的儿子、丈夫和兄弟，她们想知道他们的消息，更盼望他们能活着回来。过道的窗户外就是医院的后院，有的亲属就倚靠在墙上，透过窗户看着一辆辆卡车进进出出。她们知道，卡车里装着的是从"万人冢"挖掘出来的尸体，有的时候，工作人员拉开车厢后门，尸体袋就滑落到地上。她们不知道哪一具会是自己的儿子、丈夫或兄弟。

一位满脸皱纹的老太太手上拿着的照片上，三个孩子在阳光下幸福地笑着，这笑容和老太太凄苦的脸形成了强烈对比，让人不忍直视。老人说，三个孩子是她的孙子，在同一天和村子里的所有男人被塞尔维亚武装带走了。

亲属中也有男性，但都是上了年纪的老人。一位老人坐在椅子上，一直默默地把头和脸埋在一只胳膊肘里，另一只手上，捏着一张年轻男人的照片，不用说，那是他的儿子。

和在挖掘现场不一样，医院和验尸房的工作人员穿着其他颜色的工作服和手术服。很容易分辨出来的是，克罗地亚医院的工作人员都穿着长袖白大褂、戴着口罩。她们大部分都是女性，长白大褂下露出一截印着克罗地亚民族风格花型的裙子。而"联合国调查小组"的专家们换上的是短袖手术服。

麦克·巴顿、魏区·赛诺、芭芭拉·沃尔夫、迈考尔，包括安德里洛维克博士的手术服，颜色都是深蓝色的，没有领子，扣子在后面，左胸口有一个口袋。Dr.Lee 的手术服颜色虽然也是蓝色，但是略浅一些，左胸口口袋的位置是一个 Logo，是他自备的。

他们都只戴着橡皮手套，没有戴口罩。在一群黄头发高鼻梁的人群中，Dr.Lee 的黑发特别醒目。由于长时间高强度的工作，他们现在都和平时的形象完全不一样了：麦克·巴顿的头发成了一团乱麻，全偏在一边头上，芭芭拉·沃尔夫博士讲究的发卷也不见了踪影，而是杂乱无章地散乱在明显消瘦的脸上。从到达克罗地亚以来，她几乎就吃不下任何东西。而女记者希瑞，在短短几天的时间里也突然成熟了许多。为了给挖掘工作留下第一手宝贵资料，她大部分时间都在"万人冢"拍摄。她穿上了皮靴，白衬衣也换成了黑色的。在小组里，她显得特别年轻，也特别忙碌。无论是在挖掘现场还是在医院，每次朝那些失去亲人的家属，或者尸体举起照相机时，她都会轻轻地向对方点一下头，同时在心里反复说："对不起，对不起，我

打扰你们了。"

　　让 Dr.Lee 想不到的是，在整个身份认定的过程中，只有少部分使用了 DNA 基因检验技术，这一点也是"联合国调查小组"的其他专家始料未及的。原因有二：第一，大多数被害人要么是没有已存的血液样本可供比对，要么就是能为他们提供血液样本的亲人早已离开居住地，到很远的难民营避难去了。对于没有血液样本的，必须提取 DNA 样本，化验后成立资料库，并用人类学的方法来推断死者的身形、身高和体重，做未来比对。第二，有一些被害人的尸体完整，不必使用 DNA 或其他鉴定方法就能很快认证的，"联合国调查小组"的专家和克罗地亚的科学家们，会根据被害人家属提供的信息来推断死亡时间，最主要是死亡原因、死亡方式的鉴定及分类记录。因此，在很多时候 Dr.Lee 不得不组织专家做一些假设，或者可以称之为"推断"。

　　作为科学家，Dr.Lee 知道这些做法都是无奈之举，是在缺乏鉴识工作基础条件下的无奈之举。正如 Dr.Lee 所预料的，所有的医院都被炸毁了，根本找不到任何有价值的档案识别信息，哪怕是牙齿、指纹记录，出生或病历记录等，当然更没有临死前的记录，以至于许多个人识别的技术都无法使用。在一些尸体上既没有发现家人的照片，也没有可供辨别的纹身等信息。他们只能根据死者的体重、身高和随身佩戴的首饰、衣物来大致辨认死者的身份。

一位身着黑色服装、脸色惨白的母亲，几天来一直拿着一摞男孩的照片，默默地站在一个角落。她不停地换着孩子的照片，有的脸部放得很大，有的是孩子在参加活动，但无论是什么照片，孩子的脸上都展现着灿烂的笑容。来来往往的人都记住了这个孩子，当然，这也正是这位母亲所希望的。作为母亲，她现在唯一能为孩子做的，就是这样的举动了。

和其他人仅仅记住了孩子灿烂的笑脸不同，出于职业的本能，Dr.Lee 注意到了一个细节：照片上的孩子始终穿着有耐克标志的袜子。于是他在整理尸体的过程中特别注意，居然真的被他找到了。

希瑞拍下了这位母亲辨认儿子尸体的镜头，也拍下了绝望的母亲不忘深深感谢 Dr.Lee 的镜头。希瑞第一次发现 Dr.Lee 的眼睛里有泪光在闪动。是啊！人世间还有什么比做父母的看着自己孩子冰冷的尸体躺在面前更凄惨的情景呢？

答应来现场的牙医来了，而且来了两位。尽管他们没有死者的牙齿诊疗记录，但他们记得曾给谁做过牙根管手术或帮谁拔过、修补矫正过牙齿。因此，他们需要扒开死者的嘴，一个一个查看。牙齿的数量多少可以推断出年龄，磨损程度可以推断出食物种类，烟渣、咖啡渍可以推断出生活方式。

不言而喻，这是多么可怕的工作，但是他们却做得那么仔细认真，而且动作非常轻柔，仿佛他们不是在给尸体辨认牙齿，而是在给活人做牙科手术。

一旦辨认出了死者的身份，工作人员便会对尸体进行进一步清洗，然后根据失踪人员表格的内容，通知亲人前来辨认。

忙碌的第一天过去了，工作人员冲洗干净解剖台，围在一起为死者虔诚地做了祷告。要用餐了，注意到大家都没有什么食欲，像第一个登上军用直升机一样，Dr.Lee 不动声色地带了头。直到看着每一个人都吃了简单的晚餐，他才说："谢谢大家的努力！在这种情况下，吃也是工作，而且是必须完成的工作。"总结了一天的工作之后，Dr.Lee 又说："根据今天的情况，我们明天要提高效率，调整工作计划。方法是每一位专家带领一个小组，分组工作，这样可以加快速度。"

阿格隆这两天的心情特别复杂，像所有失踪者的亲属一样，一方面他希望能在"万人冢"中找到伊万妮卡，另外一方面他又不希望出现这样的结果。这生死间的矛盾和纠结，让他寝食难安。

所以，当看到伊万妮卡的父母来到医院时，他非常吃惊："你们怎么来了？是有人通知你们来辨认……"

尽管经历了"万人冢"众多尸体的挖掘、清洗，看到了那么多恐怖的情景，但在看到伊万妮卡父母的一瞬间，阿格隆还是心跳加速了，虽然他知道他们也填了失踪人员表格。

"没有，没有人通知我们，是我们自己来的。在家里也待不住，还是过来看看，没想到你也在这里。"乌阿提库校长说。

战前，阿格隆和他们见过好多次面，记忆中乌阿提库校长特别绅士，对晚辈阿格隆也是彬彬有礼，除非在喝了酒以后。而校长夫人十分优雅端庄。每次伊万妮卡领着阿格隆到家里来，她都欢喜得像看到了自己的儿子。她会早早地在餐桌上铺开雪白的抽纱桌布，拿出银制的餐具，点上蜡烛。还不忘在餐桌的水晶花瓶中插上几枝红玫瑰。晚上，一家人坐在一起，面前放着带花边的餐巾，绿色盘子和银色餐具在温柔的烛光照射下反射出诱人的光泽。刚刚烤出来的面包，散发着香气笼罩着

幸福的一家人。

而每一次，乌阿提库校长总是会把自己酿制的、存了很久的葡萄酒拿出来。夫人通常都是带着温柔的微笑提醒校长少喝一点，却不停地往阿格隆的杯子里倒。晚饭后，她会坐在钢琴前弹一首优美的克罗地亚歌曲，这时候，校长就会带着微醉的神情，放开充满磁性的男中音，和着钢琴弹奏的音乐唱起来。而伊万妮卡会和他悄悄地来到厨房，伊万妮卡一边在水池里洗着盘叉，一边轻声地为父亲和声。阿格隆则在伊万妮卡的背后，轻轻地拥抱着心爱的姑娘。他一边闭上眼睛把鼻子埋在姑娘的秀发里，闻着少女头发的幽香，一边随着客厅里钢琴声、歌声的节奏轻轻晃动着身体。如果客厅里突然只有钢琴声而没有了歌声，那一定是伊万妮卡的父亲在亲吻伊万妮卡的母亲，而这时伊万妮卡也会停下手里正在擦洗的盘子或银餐具，转过身搂着他的脖子，依偎在他的怀里。他们就这样在不大的厨房里，在母亲的钢琴声中，轻轻地跳起舞来。

那一切仿佛就在昨天。

而此时此刻站在他面前的乌阿提库校长，苍老得让他差点儿认不出来。而伊万妮卡的母亲也憔悴得像换了一个人。经历了这场战争，经历了女儿失踪的痛苦折磨，有谁还能保持原来的样子？

阿格隆紧紧地拥抱着伊万妮卡的父母，他感觉到两位老人在他的怀抱里微微地颤抖。

"有她的消息没有？"伊万妮卡的母亲轻轻地但迫不及待地问。看着她满怀希望的目光，阿格隆只能轻轻地摇摇头。伊万妮卡的父亲像填表格的那天晚上一样，默默地搂住了妻子的肩膀。他和阿格隆交流了一下最后和伊万妮卡联系的时间，发现他们几乎是同时与伊万妮卡失去了联系。一种不祥的阴霾瞬间笼罩在校长夫妇和阿格隆的心里，但是他们谁都没有说出口。

"走吧，我们进去看一看。总是要……"过了不知道多长时间，伊万妮卡的父亲终于鼓起勇气。

验尸房里，工作人员正在做清理和检查。五个人的嘴巴里都塞着东西，掏出来以后才发现是一团团报纸。每一张报纸都血迹斑斑，而将报纸掏出来以后嘴巴也无法合起来。五个人的身体和脸被清洗干净了，他们是那么年轻，仿佛能看到他们曾经青春焕发充满激情的模样。看着他们的脸会给人一种错觉，仿佛他们会马上站起来，牵着手互相打闹着，活蹦欢跳地走出这里。

按照鉴定程序，工作人员检查了他们的服装，从四个男青

年的衣服口袋里清理出了一些日常东西。和其他尸体不一样的是，他们的手腕上还戴着手表，口袋里有克罗地亚的纸币、钥匙、十字架和单页笔记本纸。还找出来一本被鲜血浸透的笔记本和半截梳子。

五个人身上都是伤痕累累，但是唯独没有枪伤。而他们中唯一的女孩，身着克罗地亚民族服装，浓密的头发，大大的眼睛，长长的睫毛，不难想象她生前是多么漂亮的一位姑娘。

Dr.Lee检查了女孩子的手：她的手指修长，右手的无名指和食指中间有非常明显的印痕，说明她是一个经常用笔写字的人。奇怪的是，女孩身上没有任何首饰，只有那双沾满了泥巴的靴子有些与众不同，但是究竟什么地方不同又一下子说不上来。

因为没有枪伤，迈考尔对他们进行了初步毒物检测，检验结果显示，也不是毒气或者其他明显毒物致死。

"他们是窒息而死。"人类组织和骨骼专家麦克·巴顿根据骨骼给女孩做了测试，又把几个年轻人的眼皮翻开，魏区·赛诺和Dr.Lee看到，红色的小点分布在他们的眼膜上。Dr.Lee又把死者的嘴唇打开，同样，微血管内出血的红血小点分布在上下唇的内部。大家同意麦克·巴顿的判断：这几个年轻人都是窒息死亡。根据这些资料，工作人员很快从收到的表格中确认了他们的身份——他们是克罗地亚一家报社的几位年轻的工作人员。

女孩是一名记者，名字叫伊万妮卡·乌阿提库。

阿格隆陪着乌阿提库校长夫妇，随着一批家属走进了停尸房。

来辨认尸体的妇女眼睛红肿，满脸悲戚。她们有的互相搀扶着，有的无力地靠在身边亲属身上，每个人的手上都拿着不知道已经沾了多少泪水的手帕。

一对母女在一具已经高度腐烂的尸体前站了很久。她们痛苦地辨认着，又否认着。最终，母亲从死者上衣的拉链上，认出了这是自己的丈夫，然后一下子靠在女儿怀里失声痛哭。

同样悲愤欲绝的女儿，一只手搂着母亲，一只手用手绢紧紧捂着嘴，强忍着不让自己哭出声来，眼睛紧紧盯着这具头部已经是骷髅的父亲的尸体。

一位妇女在一个黑色尸袋前无声地哭泣着。尸袋里是一堆杂乱无章的骸骨，她认出了骸骨中的那一串钥匙。那是他们家的钥匙，钥匙扣上清清楚楚地刻着她与丈夫的名字。

一位父亲在一副担架前蹲了下去,担架上是他年轻的儿子,他从尸体手臂上的一个小刺青认出了孩子。父亲的身体弯曲着,泪水滴落在了镜框里儿子的脸上……

女记者希瑞于心不忍,但又不得不一次次举起照相机,一次次按下快门,拍下这人世间最悲伤、任何文字都无法描述的情景。

乌阿提库校长夫妇步履艰难地在一具具尸体前走过。突然母亲站住了,仿佛被一根线牵着,她离开了乌阿提库校长和阿格隆,径直走到了五具年轻人的尸体前。任何时候母亲和女儿的心灵都是相通的,在看到解剖台尸体的一瞬间,她立刻认出了自己的女儿。与此同时,跟着走过来的乌阿提库校长和阿格隆也认出来了,是他们日思夜想的伊万妮卡。

阿格隆的大脑一片空白。虽然他已经做了最坏的打算,但是面对残酷的事实,他还是悲痛难忍。他傻了一样,看着伊万妮卡的母亲扑到了解剖台前,昏倒在女儿冰冷的、毫无声息的尸体上。

"联合国调查小组"的专家们站在他们身边,不知道该用什么样的语言来安慰悲痛欲绝的父母,安慰失去爱人的同事。

如果确实有上帝存在,这一刻,他也一定会闭上眼睛、别过脸去，免得把同情的眼泪滴落人间。

Dr.Lee 默默地看着眼前的一切。

在这之前，Dr.Lee 知道，他们的主要工作是运用各种鉴定技术，包括运用 DNA 技术，帮助那些受害者的家属如愿认领回自己的亲人。现在他了解到，尽管过去了两三年或更久，但几乎所有的家庭还是一直心怀希望，祈祷他们的家人尚在人间，甚至有的家庭还误以为他们的亲人仍在监狱服刑。如今面对真相，他们反而不能接受。因为在其中，有很多人并不是因战争死亡，而是被残忍杀害，被害的原因也不是他们做过或者做错了什么，而只是因为他们的种族和性别！伊万妮卡·乌阿提库·库科，是"万人冢"中唯一一位 Dr.Lee 见过的人。他的眼前出现了十年前美国康州警政厅实验中心前的那块长满绿色青草的斜坡，他仿佛又听到了伊万妮卡说，"我可以为你们拍一张合影吗？""我……可以吗？"一个正值花季的姑娘，有宠她的父母，爱她的恋人，有热爱的记者工作，有蓬勃的生活热情，有喜欢的音乐，有一切一切……就因为这场惨无人道的战争，她就这么悲惨地死去，给挚爱的亲人留下无尽的伤痛。

Dr.Lee 悲哀万分！

在这前一分钟，乌阿提库校长还不知道自己女儿的下落，他不知道她到底是被关进了大牢，还是早已不在人世了，而现在……

乌阿提库校长强忍住巨大的悲伤，把妻子交给阿格隆搀扶着，自己对周围调查小组的专家们深深鞠了一躬，又转过脸对Dr.Lee说："Dr.Lee，感谢您……我们只是想知道我们的女儿她现在怎么样了……"

说着，他突然老泪纵横，而伊万妮卡的母亲早已泣不成声。

整个房间弥漫着一股难以化解的哀戚，每个人都眼含热泪，安德里洛维克博士定了定情绪，示意工作人员按程序把伊万妮卡和几位年轻人的尸体一起装入尸袋，推进藏尸箱。伊万妮卡的母亲紧紧盯着女儿，万分不舍，突然她的目光落在女儿尚属完好的靴子上，她对阿格隆说："孩子，能把伊万妮卡的靴子留给我吗？"阿格隆无助地转脸看着工作人员。"太脏了，我帮你洗洗吧。"一位工作人员经过安德里洛维克博士点头允许之后，脱下伊万妮卡的靴子，看到靴子上沾满了泥巴，拎起靴子准备去冲洗。

"谢谢你，我的孩子！"伊万妮卡的母亲双手抱在胸前点点头。

"等一等，请等一等！"突然 Dr.Lee 快步走了过去，从工作人员的手上拿过了靴子，送到伊万妮卡的母亲面前。Dr.Lee 轻声对伊万妮卡的母亲说："靴子的后跟里有东西？"

就在刚才，Dr.Lee 突然明白了，他为什么一直觉得伊万妮卡的靴子有些特别。在他破获过的案件中，曾发生过有人在鞋后跟中藏着秘密的情况。

伊万妮卡的母亲向 Dr.Lee 点点头，然后 Dr.Lee 当着大家的面，把靴子的两个后跟取了下来，里面竟然真的分别藏着一个小卷纸和两卷胶卷！

"原来胶卷在这里！"阿格隆看着 Dr.Lee 手上的胶卷说："伊万妮卡和她的同事们报道了大屠杀的真相，国际法庭一直要找的大屠杀证据就在这里。"

Dr.Lee 点了点头。他看着伊万妮卡和几具年轻人的尸体，明白了他们的死因。塞尔维亚政府是因为他们报道了大屠杀真相，揭露了惨无人道的罪恶而仇恨他们，要置他们于死地。可以想象，塞尔维亚武装一定是千方百计地找到了伊万妮卡和她的同事们，烧毁了他们的照相机、胶卷和文稿，惨无人道地在他们受尽刑讯、折磨以后又在他们嘴里塞满了报纸，在撤离之

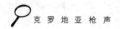

前故意不枪毙他们，而是丧心病狂地将他们捆在一起活埋了。

在场的所有人都惊呆了，他们依次上前深深拥抱伊万妮卡的父母，然后排成一行默默地向这位勇敢的姑娘、向几位还不知道姓名的年轻人致敬。

▲ 安德里洛维克博士在帮助辨认遇害者的亲属

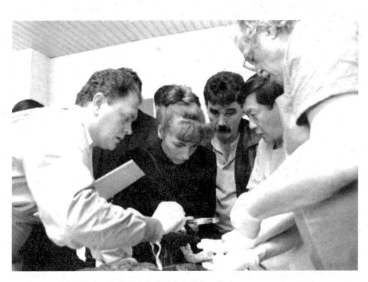

▲ Dr.Lee、巴顿博士、安德里洛维克博士在鉴定工作中

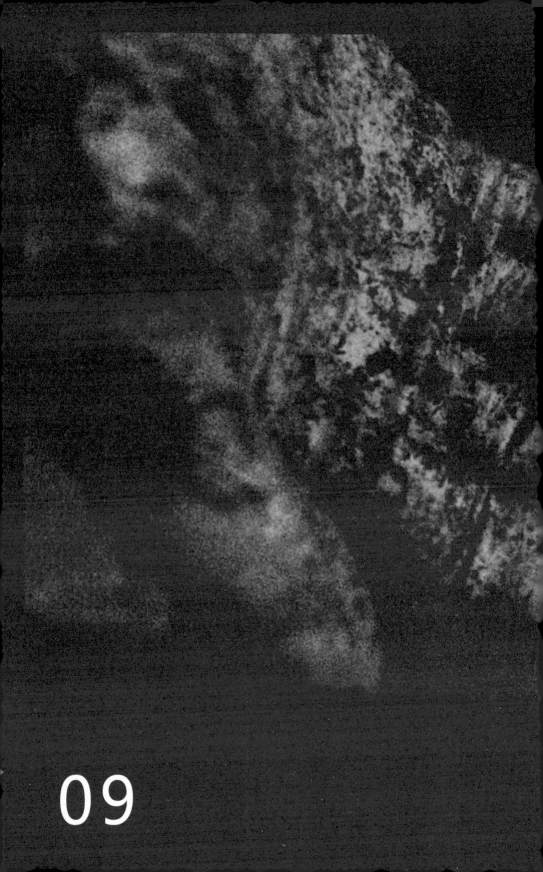

09

培育鉴识

人才

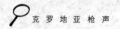

Dr.Lee 恨不得自己能生出三头六臂，希望一天能再多出几个小时来工作。他已经尽可能地把休息时间压缩到不能再压缩的地步，把工作节奏加快到其他人跟不上的速度。用餐时，他把自己面前盘子里的所有食物和在一起，在其他人还在考虑吃什么、不吃什么时，他已经像一台吸尘器，呼呼啦啦把食物全部"吸"到肚子里了。当然如果这时候有人问他刚才吃了些什么，他又会一样一样都说出来。睡觉就更简单了，绝对能称得上"秒睡"，入睡快醒得也快。醒来就立刻投入工作，其实所谓"睡觉"就是他在困到极点时稍微休息一下。

有太多的问题需要解决，有太多的事情需要考虑。

这次率"联合国调查小组"来克罗地亚，出发前 Dr.Lee 各方面都做了充分准备，甚至把可能遇到的危险也估计到了最严重的地步。正是由于他的充分准备和丰富经验，"万人冢"的挖掘和鉴定工作才进展顺利。但是有一个问题出乎他的预料，同时又必须马上解决，就是安德里洛维克博士提出的：希望 Dr.Lee 帮助克罗地亚解决鉴识人才断层的问题，用最短的时间、最快的速度为克罗地亚培养起一支鉴识科学队伍来。调查小组的工作时间毕竟有限，更多的工作要靠克罗地亚本土的科学家来完成。

安德里洛维克博士提出这个要求时，自己也意识到这首先是一个教育问题。既然是教育问题，那就得从长计议，不可能"在最短的时间、以最快的速度"，更不可能一蹴而就。而且，这个问题超出了"联合国调查小组"的工作范围，即使考虑，最起码也要在"万人冢"挖掘和鉴定工作结束以后。

但是 Dr.Lee 却把安德里洛维克博士的要求，一直放在了心上。

不管是在挖掘现场清理尸体，还是在解决很多棘手问题的时刻，他都把如何帮助克罗地亚解决鉴识人才断层，用"最短的时间、最快的速度"培养起一支鉴识科学队伍的问题拿出来考虑一下。

有什么方法呢？这是一个教育合作问题，但是似乎又不仅仅是教和学这么简单。

用迈考尔的话说，Dr.Lee 有一个神奇的大脑。神奇的地方在于它可以在同一时间同时思考多个问题。据说，康州警政厅有七个会议室，Dr.Lee 可以同时召开七个会议。后一个会议召开的时间比前一个会议晚十分钟就可以。他从第一间会议室开始，用 10 分钟安排需要讨论的问题和工作，告诉与会人员他回来听汇报的时间，然后立刻快步到第二个会议室……依次进行。当他从第七个会议室回到第一个会议室时，正好到了检查讨论结果的时间。如果问题解决了或者有了结果，他会立刻宣布依照建议进行并散会，让下属去工作。如果问题没有解决，他会建议他们继续讨论，然后又进入第二个会议室……之所以这样安排工作，是因为康州警政厅的七个部门分管着全州130 个城市的巡逻、刑侦、火灾、侦察、教育、建筑物管理、特勤事务、狱政等工作。如此高的工作效率是普通人无法效仿的。

Dr.Lee 能在多学科、多领域得心应手、卓有成效地工作，得益于他超常的天赋，更得益于他的学习经历和工作实践。

警官学校毕业后，他立刻到军队服役、到警察局工作。在马来西亚，他只用半年时间就从记者升任到报社主编。到美国后，由于学位得不到认可，他又从本科开始学习。他在纽约大学完成了生物科学的全科学习，同时还在实验室随诺贝尔奖得主做了七年的实验员。他用十年时间从本科到博士学位，之后，他在纽海文大学建起了实验室，并且授课。

他思考问题思维缜密，来自于他科学家的思维方式；

他解决问题雷厉风行，是从军、从警培养起的作风；

他诲人不倦教有所得，是多年授课遵循的原则标准；

他超前意识充分准备，是领导团队的责任心之使然。

这样丰富的实践经历和为人品德，使他能够同时胜任多种工作。而为人诚恳，待人和善的品质，则是来自于中华民族优秀的道德传统。

Dr.Lee 考虑问题的方式，往往第一步和其他人并没有什么不一样，通常他也会准备几套方案。所不同的是，他会一直不停地给自己出难题，排除那些哪怕有一点点漏洞的方案，最后留下最切实可行的那套去实施。只要决定实施的方案，他就会想尽一切方法、克服一切困难达到目的。

鉴识科学属于实用型学科，在操作的过程中，既要借助设备仪器对物证进行实验、检测，正确执行操作流程，同时还要借助判断力，对实验、检测物证的结果进行正确的判断。这就使得从事这个学科的人员，既需要具有完整的学习经历，又需

要具有丰富的现场经验。这是鉴识科学有别于其他学科复杂的地方。而鉴定实验室操作程序的更新和规定，又需要在本领域多次实践检验以后，制定再推广。Dr.Lee 是美国国家刑事科学委员会的原始成员之一，这个委员会由七名委员组成，掌握着全国鉴识实验室检查验收的大权。美国任何一家鉴定实验室在投入使用之前，都必须经过委员会的严格检验。

显然，克罗地亚目前的情况，建立鉴定实验室无异于天方夜谭。Dr.Lee 充分理解克罗地亚现任总统在百废待举之中的高瞻远瞩，尽快结束部分地区战争是当务之急，但科学人才的培养也刻不容缓。各行各业的恢复或许是指日可待的；房子被炸了，三五个月就能建起来；菜园子被毁了，六个月、一年也能够长出来；但是科学家的培养需要 20 年、30 年甚至更长时间。而一支鉴识科学队伍的完整建立，又需要更长的时间。

一个国家，科学是最大的生产力。这就是有一些独裁者入侵别国以后，会将被入侵国的科学人才全部掳走或者让其"集体消失"的原因。

克罗地亚的鉴识科学人才已经出现断层，现在面临大量的鉴定工作需要进行，这些都将是国家安全的基础。显然，他们不可能，也不愿意一直依靠联合国的援助，或其他国家的帮助。"联合国调查小组"目前做的是帮助这个国家尽快结束战争，而 Dr.Lee 考虑的是这个国家的未来。

Dr.Lee 的大脑高速运转，所有的信息不断输入，和他以往的学识、经验迅速交集、融合，很快产生了一系列反应。他把这些反应再进行斟酌、思考，形成了一些想法。然后，他把这些想法再进行反复酝酿、筛选、排除，终于形成了一个初步计划。

但是他觉得还缺点什么。

就在阿格隆和伊万妮卡的父母辨认了伊万妮卡的尸体，工作人员要去为伊万妮卡清洗靴子时，一个新的想法突然出现在他的脑海当中：为什么不可以这样？于是 Dr.Lee 身体靠在一个干净的手术台上，双臂抱在胸前，眼睛看着验尸房里的专家和克罗地亚的工作人员，大脑迅速地完成了他的计划。

阿格隆和伊万妮卡的父母要离开了，Dr.Lee 叫住他说："你安排车辆把校长和夫人送回去以后，到我这里来一下。"

这也是经验丰富的 Dr.Lee 在设法帮助他的学生走出痛苦。他见过可爱的伊万妮卡，以他对阿格隆的了解，也知道阿格隆是一个重情重义的人，他知道这个打击对他的学生意味着什么，

同时他也知道阿格隆是一位有责任感的人。人死不能复生，现在是阿格隆最伤心的时候，除了安慰，能帮助他的唯一方法就是分散他的注意力，让他把全副身心转移到工作上，转移到不让自己的国家、人民再发生这样悲剧的使命中。

阿格隆很快送走了校长夫妇，回到了 Dr.Lee 身边，着急地问："老师，你是不是有工作要交给我？"

"把校长和夫人送回去了？你以后有机会要经常去看望他们，告诉他们，你从今以后就是他们的儿子。"Dr.Lee 正和毒物检测专家迈考尔在显微镜下研究一个骷髅头，显微镜旁边的桌子上放着几页背面朝上的纸。听到阿格隆回来，他停下手里的工作抬起头看着阿格隆。

迈考尔在旁边看着 Dr.Lee，他觉得 Dr.Lee 此时此刻像一位慈祥的父亲。

"谢谢老师提醒，我刚才已经这样对他们讲了。"阿格隆眼圈发红，强忍着悲痛对 Dr.Lee 说，"伊万妮卡是他们唯一的孩子，他们一直把我当儿子。"

一旁的迈考尔看到阿格隆的手似乎在微微发抖，就伸出双臂拥抱了他，两只手在他的后背上轻轻拍了几下。

"你需不需要去休息一会儿？"Dr.Lee 也看到了阿格隆痛苦的神情。

"谢谢老师，我不用休息，我现在最需要的就是工作。"

"那好，我把手上的工作处理一下，你也一起来看看吧。"

Dr.Lee 说着，低下头把骷髅头上的子弹孔，调整着不同的光源角度给迈考尔和阿格隆看。

这也是 Dr.Lee 在锻炼他的学生。

阿格隆在美国康州警政厅跟着 Dr.Lee 学习过，Dr.Lee 对那时候的阿格隆是非常了解的。在他看来，阿格隆是一个非常有能力的优秀的年轻人，但是和所有优秀的人一样，他也有自负的一面。自负和自信虽然只有一字之差，但却有着本质的区别。那时候 Dr.Lee 认为阿格隆还年轻，等到他经历了一些事情以后，这份自负也许就会变成自律，然后在自律下变成自信。

"好的，请老师放心，我知道应该怎么做。"阿格隆点点头。

Dr.Lee 聚精会神地在显微镜下观察了一会儿骷髅头上的子弹孔，向迈考尔和阿格隆解释道："这一颗子弹虽然贯穿了整个头盖骨，但是是从后脑勺射进去的。而且从弹孔分析，枪口是贴着死者的后脑勺打进去的。一般枪伤都会留有火药的痕迹，通常我们是根据软组织被火药灼伤的程度来分辨枪管与弹孔的距离的。虽然这颗头颅的软组织已经完全腐烂了，但是只要你掌握了子弹和物体接触后产生的痕迹知识，就能分辨出子弹进出口的区别。比如这一个骷髅上的子弹孔，乍看前后一样，但是在显微镜下仔细分析，就能分辨出子弹的进口处有明显被火药烧灼过的痕迹。但是因为枪口离头颅非常近，所以后脑勺子弹洞外面是光滑的，虽然内侧子弹洞的骨头也很光滑，但是你在显微镜下仔细观察，就可以明显看到弹头冲出骨头造成的毛糙痕迹，它的物质是向外的。还有，进口弹洞比出口弹洞高很多，又告诉我们子弹穿过头颅的弹迹是自高而低的，说明死者是跪着或者坐着、手枪是贴着后脑勺近距离从上而下开枪的。换句话说，这是谋杀或者刑场执行枪决的子弹洞，而不是作为战斗员在战场上被远距离打死的子弹洞。"

迈考尔虽然是毒物检测专家，但是他对 Dr.Lee 非常崇拜，他们也是好朋友。所以一有机会，只要能挤出时间，迈考尔就向 Dr.Lee 请教有关鉴定的知识。而 Dr.Lee 也会毫无保留地把迈考尔希望了解的知识，仔仔细细地解释给他听。

克罗地亚"万人冢"挖掘出来的尸体，绝大部分是平民，也有少部分是军人。对军人的尸体，克罗地亚政府还是希望能够尽可能详细地分析出他们的死因。换句话说，克罗地亚政府希望 Dr.Lee 他们能分析出这些尸体是作为战斗员、非战斗员还是平民的身份被打死的。比如那些俘虏和平民，是被绑持或是被执行死刑的，还比如这个已经没有了任何软组织的头盖骨上的子弹孔。

阿格隆在一边仔细听着，痛苦好像缓解了一些。

Dr.Lee 站起来，摘下手上的橡皮手套向迈考尔交代了一些事项，然后转过身，看了离他们不远的安德里洛维克博士一眼，拿起显微镜旁边的那几页背面朝上的纸，对阿格隆说："我们出去谈吧。"

阿格隆跟着 Dr.Lee 离开了手术台，向验尸房的门口走去。

手术台在验尸房的最里边，要走出验尸房必须要经过所有停放着的尸体。Dr.Lee 边走边轻声对阿格隆说："也许其他的老师会在这个时候让你去休息，但是以我对你的了解，你现在更需要的是调整和释放。工作也许可以帮助你。"

工作人员又打开了一批尸袋，其中有一具尸体是一位年轻的士兵，干净的脸上还能看出黑黑的眼睫毛。这具尸体的旁边，停放着一具胸口被炮弹炸出一个窟窿的士兵的尸体，为了不让辨认死者的亲属太伤心，工作人员用钢盔把士兵胸口的窟窿遮

挡了起来。

Dr.Lee 和阿格隆在这具尸体前面站了好一会儿，才继续向门口走去。

"我们学鉴识科学的，注定要和各种死因的尸体打交道。记得你在美国的时候，我们也一起为很多尸体做过鉴定。"

Dr.Lee 对阿格隆说："你是我的学生，所以我对你有所了解，对伊万妮卡的死，其实你已经有了心理准备。你在向联合国申请要专家们来为'万人冢'做身份鉴定的时候、去康州找我的时候，你的心里就已经有所准备了，只是你一时还不能接受现实而已。其实我们每一个人心里都非常难受，没有一个人能接受亲人离去的事实，哪怕他不是死于非命。"

他们已经走到了验尸房门口，Dr.Lee 又一次停下脚步转过身，目光再一次扫过验尸房里的尸体，正在清理尸体的专家、工作人员以及正在辨认尸体的亲属们。

阿格隆也跟着老师的目光看着验尸房里的一切。

Dr.Lee 面生戚然，继续开导阿格隆说："你看，有些尸体长年累月埋于地下，已经腐烂分解得无法辨认。但所有专家和工作人员从来都没有忘记，他们每一个人都曾是某人的儿子或女儿、兄弟或姐妹，将他们的尸体挖掘出来尽可能清理干净交还给亲人，能给亲人们带来一丝丝的慰藉。我相信，我的那些美国同事和你的克罗地亚同事都有相同的感受，不但用DNA鉴定技术确定死者身份责任重大，挖掘这些尸体同样责任重大。"

"我们中国有一句话，'无情未必真豪杰'，但是男子汉有男子汉的责任。一是家庭责任，一是社会责任，现在是克罗地亚的特殊时期，社会责任在此时此刻是每一个男子汉都必须承担起来的责任。"

"联合国调查小组"的专家，包括安德里洛维克博士，看到Dr.Lee耐心疏导着阿格隆，都为阿格隆松了一口气。几天来一起工作，他们和阿格隆之间产生了深厚的感情，对他的痛苦也是感同身受。

阿格隆看到老师放下手上的工作，一次次动之以情晓之以理地为自己排解忧伤，内心十分感激。他明白老师的良苦用心。是啊，看着眼前那些和他一样满怀悲愤的家属，看着那些躺着的同胞的尸体，一味地沉浸在痛苦中是没有意义的。老师说得对，自己其实心里早就有准备了。是这场罪恶的战争夺去了伊

万妮卡的生命，破坏了他的幸福，也破坏了千千万万个家庭的幸福。作为一个男人，作为一个科学家，他承担着两份责任，除了在心里悼念自己的亲人，更应该担当起国家赋予的责任。看看自己的老师，看看"联合国调查小组"的专家们，他们冒着生命危险来到克罗地亚，夜以继日地工作，他自己发生任何情况都没有理由影响工作，也不能让老师和大家为自己担心。

阿格隆向 Dr.Lee 转过脸，声音有些哽咽但非常清晰地说："谢谢老师，我给你添麻烦了。我知道了我的责任，我会努力工作的。"

Dr.Lee 这才把那几页纸交给阿格隆说："你把它交给安德里洛维克博士。你们考虑一下这个计划，如果没有问题就开始实施。计划分三部分：第一部分可以马上开始，第二部分在'联合国调查小组'离开时落实，第三部分你们拿出具体措施，我们在美国可以协助你们完成。"

接到 Dr.Lee 的计划，安德里洛维克博士非常吃惊。说实在的，"联合国调查小组"的工作量已经够大了，尤其是他们又主动参与了会见辨认尸体的亲属的工作。对于克罗地亚来说，"联合国调查小组"出具的关于"万人冢"尸体死亡原因和身份鉴定的报告至关重要，这也是安德里洛维克博士的主要任务。如果希瑞检查她为"联合国调查小组"在克罗地亚工作期间拍摄的照片会发现，安德里洛维克博士参与了全部过程，除了 Dr.Lee，安德里洛维克博士是"出镜"最多的一位。

安德里洛维克博士是人类学科学家，原本他醉心科学研究不问政治。他的学生中有像阿格隆这样，留美学成归来报效祖国的，他为他们自豪；而学成不归，留在美国工作的学生也为数不少。作为个人，他也为他的这些学生高兴；但是作为一个热爱祖国的科学家，他又为他们惋惜，他认为他们失去了为自己国家服务的机会。

是这场战争彻底改变了他的生活。阿格隆向国际社会呼吁寻求帮助，向联合国申请调查"万人冢"，邀请有"国际神探"之称的 Dr.Lee，包括"三剑客"在内的科学家组成"联合国调查小组"来克罗地亚等一系列计划，也是由他向总统汇报并得到支持的。对总统要求他"一定要把挖掘、鉴定尸体的身份、死亡原因的报告做好"的指示，他是理解而且欣然接受的。但是对总统"务必取得支持，尽快重建克罗地亚鉴识科学队伍"的特别指示，他是有想法的。如此重要的工作怎么可以寄希望于一个外国人？哪怕他是一位国际神探。但是当 Dr.Lee 和

"联合国调查小组"冒着生命危险来到克罗地亚，特别是和Dr.Lee 在一起工作、交流的过程中他的观点发生了改变。如果说挖掘"万人冢"、鉴定尸体是克罗地亚的当务之急，那么战争结束以后，专家人才的培养就是重中之重，所以他诚恳地向 Dr.Lee 提出了帮助的请求。

但他万万没想到，没日没夜在自己眼皮子底下工作的Dr.Lee 居然还能拿出一份切实可行的计划，太不可思议了。

他迅速地浏览了一下计划，心里的叹服溢于言表，他对阿格隆说："他怎么考虑得这么细致周到，分步实施的时间都安排好了！真是了不起！我们为什么就没想到呢？"

阿格隆见怪不怪地说："我们怎么可能想到呢？如果我们想到了，我们就都是 Dr.Lee 了。"想了想又觉得并没有完全表达出想要表达的意思，就又补充说，"这就是为什么，全世界只有一个 Dr.Lee 啊。"

在 Dr.Lee 的计划中，马上就可以执行的部分，是从现在参与鉴定尸体工作的、克罗地亚斯普利特医院的工作人员中，挑选出一批优秀的人，组成五个小组，每一个小组跟着一位专家，向专家学习操作。这种边教、边学、边操作的教学方式，正是他多年实践下来最行之有效的教育方式。因为鉴识科学，很大一部分工作是要由科学家亲自动手做实验的。 在现场取得物证送到实验室以后，需要立刻进行多种分析才能做出鉴定结果。物证分析有些需要在显微镜下认真观察，有所发现，再结合专业和经验做出判断；有的实验需要很多仪器分析，过程必须不间断进行，再经过数据比对得出结论。

安德里洛维克博士在 Dr.Lee 的计划中受到启发，除了现有人员，又紧急调来一批斯普利特医院法庭科学小组的学生，他的计划是一边让这一批大学生帮助鉴定尸体工作，一边请 Dr.Lee 给他们授课。

Dr.Lee 计划的第一步，一方面加快了目前的鉴定工作，这一批人员又可以在以后的挖掘和鉴定工作中发挥作用；一方面可以将克罗地亚国家的鉴识队伍初步建立起来。

选拔合适的人选到美国继续深造，动员在美国工作的法庭科学家回到克罗地亚工作，是 Dr.Lee 计划的第二和第三部分。

为了帮助克罗地亚的同行，Dr.Lee 要求专家们尽可能多地教克罗地亚的同事，尤其现在，在不能用传统人类学方法进行个人识别时，要告诉克罗地亚同行们该如何处理。克罗地亚同事遇到任何问题，都可以向自己的老师请教。他自己只要有

时间，便会和他们一起工作，遇到有问题向自己咨询的，他都会倾囊相授。

安德里洛维克博士认为，Dr.Lee 的这个计划可谓"一箭三雕"！

鉴识学科，除了学习和经验，还要借助仪器设备。Dr.Lee 对安德里洛维克博士说："专家小组离开以后，所有仪器设备和没有用完的试剂全部送给你们。这样，我们离开后你们用仪器分析及 DNA 鉴定技术来对剩下的尸骨进行辨认。"

同时 Dr.Lee 和麦克·巴顿、魏区·赛诺、芭芭拉·沃尔夫、迈考尔博士以"联合国调查小组"的名义进一步向国际人权组织和慈善机构申请捐助，而且附上研究项目需要的仪器设备清单。为了助推研究经费得到批准，Dr.Lee 同意女记者希瑞立刻向国际社会公布挖掘"万人冢"的现场照片，然后又亲自给美国总统夫人打电话，要求追加对克罗地亚的人道援助及科研经费。

挖掘"万人冢"的照片和报道立刻引起了国际社会的广泛关注。与此同时，由于"联合国调查小组"和 Dr.Lee 的亲自呼吁，克罗地亚争取到了一批科研经费和人道援助。

这次大屠杀事件，后来之所以会为人们所广泛关注，有两方面的原因：第一，此次暴行的严重性是前所未有的。这次大屠杀，一开始并没有引起国际社会的足够关注，联合国维和部队也没有及时干预。第二，以Dr.Lee为首的"联合国调查小组"向人权组织提交了报告。报告以大量尸体死因鉴定结果，证明了大屠杀的对象是普通民众，而且手段极其残忍。

灾难、痛苦有时是成长的催化剂，它能使人飞速地成长起来。尽管在非常恶劣的环境下工作，克罗地亚工作人员的进步却非常快，他们不仅悟性极高，也十分认真好学。

在Dr.Lee的职业生涯中，为多具尸体同时进行鉴定的工作也是不少见的。比如空难，但空难事故发生后，鉴识人员一般都是第一时间就赶到了现场，尸体都是刚死亡不久的，辨认死者身份相对要容易一些。但这次，死者被埋入"万人冢"的时间不一，有些尸体比较完好，有些尸体腐烂程度已经非常高了。因为相当一部分尸体腐烂程度非常高，又无法确定死亡时间，就无法用遗传标记来进行身份的同一认定，给识别工作带来很大的困难，工作量巨大。"联合国调查小组"只能用缩小目标范围或排除对象的方法来鉴定死者的身份。

而就在 Dr.Lee 率领"联合国调查小组"有条不紊地推进工作、缩小范围时，一支武装力量也悄悄地用缩小范围的方法，向这个地区突袭而来。

▲ Dr.Lee、巴顿博士在工作与休息的帐篷前

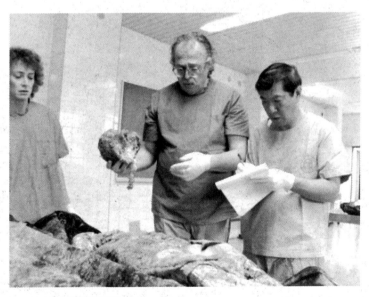

▲ Dr.Lee 在进行尸体鉴定

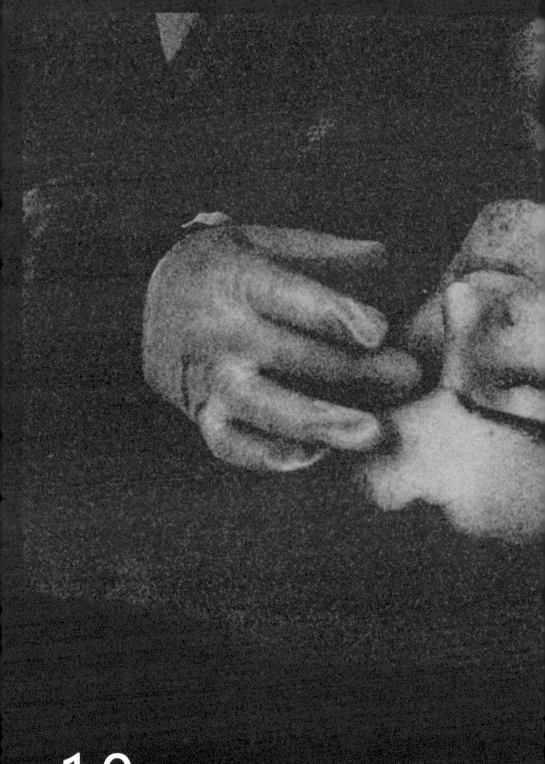

10

突袭

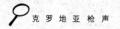

在这样一个几乎到处充满死亡、恐怖、悲伤气息，随时随地会发生危险的环境中，没有比两条鲜活的小生命的完全依赖更能温暖人心，更能让你觉得自己的价值了。

芭芭拉·沃尔夫和希瑞两位女性就被两条小狗带来的快乐慰藉着，无形中也帮助她们排解了心理上的压抑，激发了心底深处那份柔柔的母性。只要希瑞把手指头放在它们的小嘴旁边，它们就马上张开嘴巴，同时发出嗷嗷待哺的"嗯嗯"声。为了能让他们活下来，希瑞请克罗地亚的护士帮忙，找一个比正常规格小一些的奶嘴，但是费了九牛二虎之力也没有成功，最后还是芭芭拉·沃尔夫博士有办法，每天用一个大针管把牛奶推到它们的嘴里。几天以后，当她们把蘸着水的面包放在小家伙们嘴边时，它们马上就伸出粉红色的小舌头舔了起来，这才让芭芭拉·沃尔夫博士和希瑞松了一口气。

只要会吃，它们就能活下来。

两个小家伙大部分时间都在睡觉，醒了也不闹。有人抱的时候它们会乖乖地依偎在人的怀里，没有人抱的时候，它们彼此依偎一起取暖。吃饱了以后，小肚皮圆鼓鼓的，随着呼吸的节奏一上一下起伏着，十分惹人喜爱。

一天工作下来，虽然有时候累得连说话的力气都没有，但是只要回到帐篷看到两个小家伙，芭芭拉·沃尔夫博士和希瑞就会马上露出笑容。希瑞还悄悄地给两只小狗起了名字：一只叫波斯尼亚，一只叫克罗地亚。芭芭拉·沃尔夫博士说，这样可能对两个国家不太尊重。希瑞也同意，但还是这样悄悄地称呼它们。

尽管是"遗孤"，但在眼下的环境中，显然调查组不适合照顾它们，但所有人又都不忍心丢弃它们。虽然没有想好等她们离开时怎么安置这两个小家伙，但是现在她们是它们的监护人了。两个小家伙居然也很快熟悉了她们的脚步声和味道。只要她们一回帐篷，它们就会向着她们的方向抬起头，嘴巴里发出"嗯嗯"的声音。

"我们能把它们带走吗？"希瑞盘腿坐在被褥上。她把小

狗放在腿上，一只手轻轻地抚摸着，一只手摆弄着照相机，回看白天拍的照片和视频。

"我也不知道啊。"芭芭拉·沃尔夫博士几乎和希瑞一样的姿势，一边抚摸着小狗，一边就着微弱的灯光看书。

"我想把它们带走，它们太可怜了。"希瑞不看照片了。她放下照相机，身体向后倒下仰面躺着，把小狗向上挪了挪。小狗舒服地躺在她的胸前，"等我回到美国，在电视台播放那天的录像，一定会有很多人关心它们的下落，我不能丢下它们。"希瑞看着帐篷顶，语气非常坚决。

可能是希瑞的语气让芭芭拉·沃尔夫博士有些意外，她从书上抬起头，眼睛看着希瑞。

虽然接触的时间不长，但是芭芭拉·沃尔夫博士对年轻女记者的表现非常欣赏。她勇敢、能干，而且很懂事。芭芭拉·沃尔夫博士看了看自己腿上的小狗说："是啊，仔细想一下那天的情景，是我们惊动了它们已经无家可归的生活。要不是我们，它们的妈妈也不会被炸死。"想了想又补充道："迈考尔说得对，我们应该对它们负责任。不，应该是由巴顿对它们负责。"

"对！找巴顿去，他一定会有办法！"说着，希瑞翻身坐了起来，用两只手把小狗高高举在头上说，"我来为你们讨回公道！他要对你们妈妈的死负责，要对你们以后的生活负责。他以后是你们的监护人，我还要经常检查他的工作，不许他对你们不好。"

看着希瑞孩子气的动作、表情，还有煞有介事地要为小狗们讨回公道的决心，芭芭拉·沃尔夫博士笑了起来，希瑞自己也跟着笑起来，这是她们到克罗地亚以来难得的大笑。"这可能会牵涉到一个国际关系的问题。"芭芭拉故意逗希瑞。她索性放下书轻轻点了点小狗的鼻子，说，"你们的希瑞妈妈要为你们伸张正义喽！"

"国际关系？有这么严重吗？不就是两条小狗吗？"希瑞不以为意地看着芭芭拉·沃尔夫博士。

"动物也是生命，如果没有得到允许就带走它们，属于走私。如果要想得到允许，就要办理手续。"芭芭拉·沃尔夫博士说希瑞想把小狗带回美国属于走私，是在逗希瑞，但要办手续确实是必需的事情。

希瑞抱起小狗，向芭芭拉带着央求的腔调说："我们快一起求芭芭拉妈妈吧，要不然你们就要留在这里啦！"

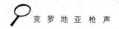

"你呀！"芭芭拉疼爱地看了希瑞一眼，抱起小狗放回到了盒子里，想了想说："狗狗们是不能留在这里，但是真的带回去也有麻烦。你经常出去采访，谁来照顾它们？还是应该交给巴顿。但是不管交给谁，首先要想办法把它们带回美国去，你是不是这个想法？"

希瑞笑了，她抱着小狗走到芭芭拉身边，歪着头看了看翻开的书页问道："你看的是什么书？灯光太暗了，字这么小，你看得见吗？"

"这是我的专业书。Dr.Lee 安排了几个克罗地亚的学生跟着我，她们都很用心，我要多教她们一点。"芭芭拉说，"看着自己的国家被糟蹋成这样，她们的心情我非常理解。说真的，我特别佩服 Dr.Lee，他的脑子里怎么会有那么多的主意？"

两个人每天一起工作，同住一个帐篷，早已变成了无话不谈的朋友。

"你认识 Dr.Lee 好多年了吧？他真是太神奇了，他可是我们全家的偶像。"希瑞低头又翻了一下芭芭拉的书，仿佛是无意地问芭芭拉。

"我们合作很多年了。我本来是可以回英国的，为了他我重新学习了专业。"

"你是不是在暗恋他？你一直没有结婚是不是因为爱……"希瑞毕竟还很年轻，有些口无遮拦。

"这个世界暗恋他的人还少吗？这有什么稀奇的？"没想到芭芭拉一点不隐瞒自己的想法。她又走到放小狗的盒子旁边，轻轻为小狗盖好了毯子，想了想又怕捂着小狗，把小狗的脑袋挪了挪位置，才回到自己的床上捧起了书。她看到希瑞还愣着看她，便认真地说，"爱他是任何人的自由，关键是人家爱不爱你。顺便提醒一下，在他的眼睛里，只有他的太太是女性，其他的人都是中性的。"

"好神奇的中国人。"希瑞嘟囔了一句。

"好好想想怎么把小狗带回美国吧。"芭芭拉低头认真地看起书来。

听到希瑞的要求，巴顿哭笑不得，特别是希瑞还拉了迈考尔，这个世界闻名的毒物检测专家来助阵，让他更不敢立刻拒绝。迈考尔一脸的严肃认真，好像如果巴顿不点头，他就会用100种方式逼他答应。他去过迈考尔在宾夕法尼亚州的工作室，在那以前他从来不知道，世界上居然会有那么多种毒素物质，而每一种迈考尔几乎都有相应的检测手段。有时候看着迈考尔

脸上凹凸不平的皮肤，巴顿都总想提醒他，少接触一些毒素物质，他认为是那些毒素破坏了迈考尔脸上的皮肤。

"你们当真要我抚养'遗孤'啊？"巴顿看着希瑞。

"带它们走吧，你看它们多可怜！主人没有了，妈妈也没有了。我答应你，到了美国，我请你吃大餐。不，我送你一套名牌服装，品牌由你选。"希瑞央求着。

"这个事情我真的决定不了，带它们走虽然没有芭芭拉说的那么麻烦，但是手续肯定是要办的。"巴顿自己也养狗，他的说法和芭芭拉倒是几乎一样。看着希瑞好像要哭的样子，他又马上说，"我问问 Dr.Lee 吧。但是，你也要有思想准备，这事儿难度非常大。因为我们现在是在'万人冢'地区，这里的环境已经完全被污染了，而且比较严重。你看，这么多尸体被挖掘出来，会不会爆发瘟疫？动物身上原本就会有细菌，何况又是在这里出生的……"下面的话，巴顿没有继续说下去。

"瘟疫？细菌？"希瑞看看巴顿，又看看迈考尔，"那我和芭芭拉天天跟它们生活在一起，还经常抱着它们，我们也不能回美国了？"

"这个倒没有那么严重，但是这里的环境被污染是肯定的。要不为什么 Dr.Lee 指名要他来参加这次行动？"巴顿指了指迈考尔，又接着对希瑞说，"所以地震、空难、海啸发生以后，对长期、大面积掩埋尸体的地方，第一件事就是要赶杀动物。即使我们人回去，也要进行严格的消毒，更不用说动物。这事儿真的可能有一些麻烦。"巴顿又转向迈考尔，"这方面是你的专业，你是最了解的。"

"你这么一说我就更要带它们走了，如果留下来它们肯定会没命的。"希瑞的眼圈立刻红了。

"我来想办法吧，我去向 Dr.Lee 请求。"英雄难过美人关，只要是女孩子提出的要求，巴顿基本上都会答应。虽然他的表情看起来有点无可奈何的样子。

"你答应了！迈考尔，你作证。"希瑞看到巴顿有了松动的意思，立刻抓住不放，还找了证人。

巴顿没说什么，只是重重地把手拍在自己的心口上。他的手很大，加上五个手指头是张开的，所以显得特别有诚意。

希瑞背着她的照相机欢天喜地地走了。

巴顿目送着希瑞走开了很远，才慢慢地转过头来。他把手继续留在心口上，脸向着迈考尔，像是变戏法似的，一脸痛苦的表情，哪知还没有等他开口卖人情，迈考尔就瞪大眼睛说："你为什么要答应她？你不知道这事有多难吗？你的'遗孤'

要移民美利坚，首先要进行检疫，要内外消毒。内外你懂吗？就是除了皮毛还有内脏，内脏怎么消毒，你知道吗？就是要排出所有的食物。而这一切都和我的专业有关……"还没等巴顿反应过来，迈考尔又说，"最关键的是，那天我还承诺了，如果它们将来要接受高等教育，我还要资助你。"迈考尔简直要声泪俱下了，"你刚才还提醒了我，如果你这一次不幸染上了瘟疫，我继承不了你的任何财产，可是我得要承担抚养它们的责任。噢，上帝呀！"迈考尔脸上的表情比巴顿还痛苦一百倍。在他的嘴里，两条小狗又变成了巴顿的"遗孤"。

说完，迈考尔看也不看巴顿，仿佛是要模仿巴顿的动作，也伸出右手，但他没有把手拍在胸口上，而是向上一移，重重地拍到了脑袋上。迈考尔的手也很大，他的手掌拍在了额头上，五个手指盖住了半个脑袋，只留下了半张脸，转身走了。

这时候，如果有谁向迈考尔迎面走来，一定会以为他获得了大奖，毒物专业的最高奖，因为迈考尔强忍着笑，脸憋得通红。

而他的身后，是一脸生无可恋表情的人类学专家巴顿。

短暂的轻松和欢乐并不会阻止突袭停下脚步。

距离专家们挖掘"万人冢"工作不远的地方，驻扎着一支克罗地亚军队，他们肩负着保卫这一地区安全的任务，也承担着保护"联合国调查小组"的责任，指挥官就来自这支军队。特勤队接手保护专家们的工作以后，指挥官回到军队，认真向司令官汇报了他执行保护任务的经过，特别介绍了和"国际神探"Dr.Lee 在一起的所见所闻。这引起了司令官的极大兴趣，他特别想见一下这位"国际神探"，于是邀请"联合国调查小组"的专家们到军营做客。

Dr.Lee 和专家们接受了邀请。这天工作结束以后，在安德里洛维克博士陪同下专家们来到军营。

这一地区的所有建筑物都被摧毁了，军队也住在帐篷里。司令官身材魁梧、挺拔，而且非常帅气。他在平时用来召开军事会议的大帐篷前架起了一张长条桌，用来接待客人们。虽然是物资极其匮乏的时期，司令官还是尽最大努力做了"充足"准备。克罗地亚人自己酿制的红、白葡萄酒肯定是少不了的，因为能够拿出的食物实在太少了，司令官安排杀了一头羊。

能够在这样的情况下有新鲜的烤羊肉享用，实在是非常难得的事情，麦克·巴顿和魏区·赛诺一直夸张地对着烤羊肉嗅鼻子。迈考尔不止一次地开玩笑提醒他们，不要把口水滴到羊肉上。

傍晚，夕阳辉映着大地，帐篷背后连绵不断的山脉，不远处长长的海湾，倒映在海水中的峰峦，原木搭成的码头静静伸向海面，这一切仿佛是一幅绝美的画卷。

一切宁静而祥和。置身这样的景色中，人们几乎忘记了这里正发生着战争。

司令官向 Dr.Lee 和专家们高高举起酒杯，感谢他们冒着生命危险来到克罗地亚。司令官说："你们的到来让我们克罗地亚人民感觉到了温暖，感觉到世界人民与我们同在，正义与我们同在。你们用实际行动鼓励了克罗地亚人民重建家园。"他说，他知道按照国际礼仪他现在应该请客人代表，也是他崇拜已久的 Dr.Lee 讲话，但是他建议大家先干一杯，因为他看到那些酒一直在向大家招手。

司令官热情体贴的话语从耳中直达心灵，香醇的葡萄酒从口中滑入喉咙，几天以来夜以继日辛苦地工作，难得这样放松情绪，每个人的心都温暖起来。

Dr.Lee 代表专家们感谢司令官的邀请，感谢他在困难的条件下为大家准备了这么多食物，当然还有会向大家招手的美酒。他建议先为司令官干一杯，免得这些美酒觉得被司令官重视而被他冷落了。Dr.Lee 幽默的语言让气氛更加热烈，司令官爽朗的笑声感染了每一个人。

Dr.Lee 又感谢指挥官尽职尽心地保护"联合国调查小组"专家们的安全，还特别感谢了阿格隆、安德里洛维克博士。Dr.Lee 说："正是我的学生阿格隆让我了解了巴尔干半岛发生的这些暴行，也是他说服了我，让我和其他法庭科学家一道来到这块饱经风霜的土地上，对大屠杀事件进行调查。"最后他提议："为帅气的司令官，为勇敢的军官们，更为克罗地亚早日结束战争、人民恢复幸福安康的生活，举杯！"

司令官不甘落后，再一次提议，为天才的 Dr.Lee，为来主持正义的朋友们干杯！

为"联合国调查小组"工作、陪同 Dr.Lee 是指挥官有生以来最引以为傲的经历。更令他兴奋不已的是，为了表彰他工作得力，今天的活动司令官特地安排他坐在 Dr.Lee 的旁边。指挥官一杯接一杯地敬着司令官和 Dr.Lee，又绘声绘色地向其他军官们讲述，在直升飞机上、在挖掘现场，Dr.Lee 的传奇故事，讲述 Dr.Lee 如何分析地雷的品种、设计扫雷措施，又在伊万妮卡的鞋后跟里找出了胶卷。特别是他从一条流浪狗的出现分析出芭芭拉身上的味道，在灌木丛中找到刚刚出生的小狗的故事，听得军官们目瞪口呆。他们一致要求 Dr.Lee 为他们重述一遍。有的还请 Dr.Lee 帮忙分析自己以前遇到的奇怪事情。盛情难却，Dr.Lee 向军官们介绍了"三剑客"，又讲述了他们共同侦破的几桩特别诡异的案件。

司令官也饶有兴致地听着，这些故事他并不陌生，指挥官早就向他汇报过了，但他还是会被感染、被震撼。他和 Dr.Lee 约定，战争结束后他带着指挥官和其他军官去美国 Dr.Lee 实验中心参观。

阿格隆、安德里洛维克忙着给大家做翻译，女记者希瑞不停地举起照相机，留下了一幕幕精彩的瞬间。

酒让每一个人的心里都燃烧起一股热情，友谊激荡在所有人的心中。军官们、专家们不停地举起手中的酒杯，一边喝得酣畅淋漓，一边不管对方是否听得懂自己的语言，尽情地诉说着内心的感受。

坐在 Dr.Lee 旁边的指挥官，突然向 Dr.Lee 眨了眨眼睛，微笑着解开军装胸口的扣子，从贴身口袋里拿出了一张照片。他带着掩饰不住的幸福表情，把照片放到嘴边轻轻吻了吻，又按到胸口使劲地揉了揉，才把照片送到 Dr.Lee 眼前。照片上是一位年轻的母亲和两个男孩。男孩和指挥官长得很像，不用说，这是指挥官的妻子和他的儿子。Dr.Lee 看着照片，真诚地夸奖指挥官的妻子漂亮、儿子可爱。指挥官脸上的表情更温柔了，他端详着照片上的妻子和孩子说："他们的确漂亮可爱！我太爱他们了。"想了想又说，"真羡慕你们的孩子，他们不用担心爸爸会回不去。希望这场战争尽快结束，我带他们去美国看你。"

Dr.Lee 的心里滚过一阵阵热浪，他也想起了远在美国的妻子和一双儿女。他使劲拍了拍指挥官的肩膀，两个人同时把自己的杯中酒一饮而尽。

气氛热烈，司令官抓起面前一瓶酒，仰起脖子一口气喝干了，然后粗粗地喘了一口气，一边用手抹着嘴唇，一边用瓶颈敲了敲另外一只酒瓶,酒瓶发出的清脆声音使大家安静了下来。Dr.Lee 以为司令官要讲话，不料他放下酒瓶吸了口气，一阵雄浑宽广的歌声从司令官喉咙里发了出来。司令官的声音充满磁性又有一种穿透力，在场的所有人，瞬间被他歌声带来的气势所倾倒。

和着司令官的歌声，军官们也放开喉咙唱了起来，歌声立刻变得激情澎湃起来。克罗地亚人都有一副好嗓子，每个人都

是歌唱家。他们的歌声激情、酣畅、有力，每个字都带着真情从胸腔里喷涌而出，如大海奔腾汹涌……

不知什么时候，指挥官和另外一名年轻的士兵每人抱起了一只吉他，他们拿枪的手指头灵活地拨动着琴弦，人们沉浸在优美的旋律中。

两个人边弹边唱，指挥官是极赋魅力的男高音，年轻士兵的声音充满青春活力，两个人合在一起的歌声具有华彩的美感。阿格隆和安德里洛维克博士加入了歌唱，他们的声音稳重而踏实，四个人用歌声诉说着一个美好家园的故事。渐渐地歌声凝重悲伤起来，充满了愁思和忧郁：美好家园正经历着风雨沧桑和挫折。

悲伤低回的歌声，仿佛连风都在呜咽……

Dr.Lee 和专家们虽然不懂克罗地亚语，但当看到他们眼中闪闪的泪光，听着歌声中的悲伤，都被深深地感染，随着歌声，他们的眼前出现了到克罗地亚以来所看到的破败狼藉……

但很快，吉他改变了节奏，歌声中充满了愤怒和抗争。军官们集体加入了歌唱。他们用歌声组成了一个战斗团体，在洪亮饱满、充满热情与信心的歌声中，一股力量在激励着人们前进。这些身穿军装的男人，用歌声抒发着对和平的渴望，表达着对美好家园宁静生活的向往，用歌声唤醒着人们为争取胜利而斗争。

歌声在起伏的山峦间，在宽阔的海面上回荡，感心动耳！

和他们相比，专家们几乎算得上不通音律了，但是让人意外的是，魏区·赛诺第一个唱起了一首名为 Bella ciao（《啊朋友再见》）的歌曲。这是一首意大利游击队歌曲，后被引用为电影《桥》的插曲而广为流传。歌曲时而委婉连绵、曲折优美，时而豪放壮阔，表达了对家乡的热爱，与侵略者战斗到底、视死如归的精神。魏区·赛诺的歌唱，把大家又带回到"二战"抗击侵略者、保卫家乡的情景中。

如果说魏区·赛诺的歌唱是受了军官们的影响，那么麦克·巴顿绝对是因为酒精刺激了神经而"大显身手"，他摇晃着大脑袋唱起了法国歌曲 Frère Jacques（《雅克兄弟》，另译为《两只老虎》）。他音调不准还忘词，关键时刻 Dr.Lee 和魏区·赛诺"出声相助"。他们每唱一段，专家小组的其他成员和克罗地亚的军官们就高举起酒杯，酣畅淋漓地喝干作为回应。"三剑客"诙谐幽默的表演获得了意外的惊喜效果。

最精彩的要数芭芭拉和希瑞的临时组合表演。只见希瑞和

指挥官、年轻的士兵交流了一下，他们会意地一点头，希瑞和芭芭拉的女声二重唱，英国民谣《绿袖子》就在吉他的伴奏下，像一股清泉流进了每个人的心里，抚慰着每一颗心灵。

天渐渐暗了，但落日的余晖仿佛被歌声打动，眷恋在天边久久不愿意离去。突然，余晖变得血色一般，腾地一下照亮了整个西天，但仅仅几秒钟就又消失得干干净净。看着回光返照一样的天空色彩变化，Dr.Lee 的心里猛然颤动了一下，一种不祥的异样感觉一闪而过。

山区的夜晚特别冷，见所有人都意犹未尽，司令官就请大家到帐篷里。立刻，欢笑声伴着歌声从帐篷向远处传去。

……

第二天，一阵阵枪炮声惊醒了"联合国调查小组"的专家们，他们发现帐篷里只剩下了小组成员。Dr.Lee 第一时间判断出，枪炮声正是来自他们挖掘"万人冢"的方向。

原来，塞尔维亚武装凌晨袭击了"联合国调查小组"工作的地方。以为只是小股部队偷袭，指挥官带领部队对他们迎头痛击，没想到对方有备而来，战斗进行得非常激烈。不久，另一支队部包围了指挥官的队伍。

当"联合国调查小组"赶回工作地时,战斗已经结束。

伤兵们立刻被送往医院抢救,阵亡的官兵一排排躺在地上。在阵亡的人员中,Dr.Lee 意外地看到了指挥官。

他静静地躺在担架上,子弹穿透了头上的钢盔。昨天晚上和他一起弹吉他的年轻士兵,怔怔地坐在担架旁边,手上拿着指挥官的妻子和孩子的照片。

欢声笑语仿佛还回响在耳边,指挥官亲吻照片的幸福样子也还在眼前,所有人都无法将眼前躺着的人和昨晚的场景联系起来。在子弹面前,鲜活的生命瞬间陨灭。人类为什么要互相残杀?司令官心里是满满的哀痛,他默默地取下指挥官的钢盔交给 Dr.Lee,忧伤地说:"带回去留着纪念吧。你是他最崇拜的人,他不能送你们了,让钢盔陪着你们回到美国。"

Dr.Lee 曾经是警察,他知道,对老百姓来说,军人是他们希望,是他们家园的守护神;对国家来说,军人,是底气,是疆土完整、语言纯洁、民族文明的保障。军人啊,无论是战争创造你,还是因为你才有了战争,一旦战火燃起,你就是时刻准备为自己的国家、为自己的人民而献身。

不是结局
的结局

军用直升机再一次摇晃着上升、起飞。

驾驶直升机的还是那位年轻的驾驶员,只是护送 Dr.Lee
的换成了特警队的那位上尉。他表情严肃地坐在旁边的位置
上,目光专注地紧盯着地面。专家们都默默看着空空的副驾驶
位置,一个星期前,指挥官就坐在那里,现在只有他的钢盔在
Dr.Lee 的行李中陪伴着他们。

机舱里多了两位特殊的乘客,它们在子弹箱改装的小房子
里伸出两只毛茸茸的脑袋,是"波斯尼亚"和"克罗地亚"。
虽然这个名字目前还不能公开,但是在专家小组中,它们已经
被认可。直升机的摇晃使它们有一些惊慌失措,但是看着芭芭
拉和希瑞,它们很快地安定下来。

军用直升机飞过"万人冢"上空,克罗地亚的工作人员和
联合国后续派米的几支调查队伍正继续在这里工作着。

这里,也是前几天刚刚经历过战斗的战场。Dr.Lee 注视
着窗外,他的眼前仿佛出现了炮弹一颗接一颗在阵地上爆炸的
情景;炮声与气浪像海啸一样震荡着,炮弹炸处,火光升腾而
起,硝烟尚未散去飞溅的泥土又刷刷地落下……他仿佛看到指
挥官慢慢地倒下,也许那一刻他的眼前是妻子和孩子微笑的脸
庞。Dr.Lee 微微别过脸,目光正好和也从地面上收回目光的

麦克·巴顿和魏区·赛诺碰到了一起。三位钢铁般的男子汉都默默地为这片多灾多难的土地，为指挥官这位虽然和他们相处短暂但却情义相投的朋友垂泪。

机舱里还少了一个人，是阿格隆。起飞前，阿格隆来送行，他和专家们一一拥抱道别，最后伸出长长的双臂一边拥抱着Dr.Lee，一边充满了歉意地说："再见了，老师，请你原谅我，我不陪你们回去了……"没有人知道，他们在最后一个晚上还有过一场讨论。

当Dr.Lee代表"联合国调查小组"把一份鉴定报告的副本装在一个信封里，交给安德里洛维克博士和阿格隆时，阿格隆哭了，他说："老师，感谢你的帮助！感谢你的辛苦付出！我首先代表伊万妮卡和她的父母谢谢老师，我相信她死而无憾了！"他也拿出一个信封，里面是那张三个人在康州警政厅鉴定中心山坡上的照片，彼时阳光明媚，三人笑容灿烂。

看到照片，Dr.Lee眼圈也有些发红，他对阿格隆说："不要只感谢我一个人，这份报告是我们集体的鉴定结果。这张照片是千千万万个无辜被害生命向往和平、追求梦想的象征，是对那些杀害无辜平民的控诉！我回去就给你们第一批实习生发邀请函，这一次还会是你带队吗？"

Dr.Lee 问阿格隆，他永远都是那么细心。

阿格隆沉默了片刻，但他很快还是下定了决心，抬起头用坚定的目光看着 Dr.Lee 说："老师，对不起！我决定留在这里。你说过我们做鉴识科学是为死者说话，为那些不能开口的冤屈者说话，但是我现在要为生者说话。祖国不强大是没有任何国际地位的！我决定参加大选，如果有一天这里的人民信任我，我会尽毕生的努力让南斯拉夫重现巴尔干猛虎的雄威！"

Dr.Lee 看着阿格隆，他对学生的决定丝毫不感到意外。"你知道，我不热心政治，我用自己的努力和成就提高了鉴识科学在法庭科学中的地位，告诉人们真相的同时也是在为真理说话。科学无国界，但科学家是有国籍的；知识无国界，但是掌握知识的科学家是有祖国的。我在任何场合、任何时候、任何情况下都说，我的国籍虽然是美国，但我是中国人，我的祖国是中国。美国是个移民国家，他敞开怀抱欢迎每一位希望到美利坚生活的人，但是要想出人头地，要想为自己的祖国争光，得靠自己不懈地努力。"

"谢谢老师的教诲！虽然不能像老师您那样杰出，但我会努力的。Dr.Lee 已经属于全世界，你的祖国为你骄傲。而我只能属于克罗地亚，我想为我的人民，为我的伊万妮卡做点事情。"

是啊，再强大的国家，一旦四分五裂，首先是生灵涂炭，同时，在当今世界一日千里地迅猛发展中，他们将要用更大的精力和时间进行疗伤、恢复。Dr.Lee 知道，在他们飞机起飞的同时，克罗地亚总统正在根据"联合国调查小组"对"万人冢"人员死亡原因的鉴定报告，起草请求联合国安理会对巴尔干屠夫进行控诉的文件。

另一架直升机在夕阳下徐徐降落，联合国的新团队，包括黑斯柯法官、法医山佛博士等七人接替了 Dr.Lee 的教学及鉴定工作。在机场，两队人马匆匆交接，Dr.Lee 将一本工作纪要手册交给后来者，告诉他们新的工作以及需要注意的问题……

2019 年 5 月第一稿完成于美国纽海文

2019 年 6 月修改于美国新奥尔良、旧金山、匹兹堡

后
记

完成了"李昌钰探案纪实"系列之《克罗地亚枪声》的创作，心里依然还是沉甸甸的。在创作过程中，李昌钰先生除了给我讲去克罗地亚鉴定"万人冢"的经过，还给我看了大量的历史文献和当年的现场照片，我也通过其他途径了解了整个事件的历史背景。那一段日子，先生讲述的声音和那一张张惨不忍睹的照片一直在我耳边和眼前萦绕、在我脑海翻腾，使我夜不能寐。

对于克罗地亚共和国，有部分读者可能还不太熟悉，但提起《桥》《瓦尔特保卫萨拉热窝》等电影，相

信大多数中国人都立刻会想起"南斯拉夫"这个国家。
中国观众正是通过这些作品了解并牢牢记住了，在第二
次世界大战中英勇抗击德国侵略者的巴尔干地区的各族
人民。克罗地亚共和国是前南斯拉夫共和国的一部分，
是其中的七分之一。正如我在书中写到的那样：1980
年铁托总统去世，不到 10 年的时间昔日强大的南斯拉
夫支离破碎，1991—1992 年间南联盟解体分裂，波黑
战争又使分裂的巴尔干猛虎自相残杀。据不完全统计，
波黑战争中平民百姓的死亡人数达几十万。他们惨遭
残杀的原因仅仅是因为种族和信仰不同而已。

更令人唏嘘不已的是，在《桥》《瓦尔特保卫萨拉热窝》等电影中饰演游击队长（老虎）的日沃伊诺维奇（塞尔维亚族）和他的老友——在电影《桥》中饰演爆破专家扎瓦多尼的鲍里斯·德沃尔尼克（克罗地亚族），因宗教信仰和政见不同，发表了一系列公开绝交信。《桥》和《瓦尔特保卫萨拉热窝》电影的导演在波黑战争中，因为不愿意撤离萨拉热窝，最后贫病交加，死在萨拉热窝的家中。国家分裂，生灵涂炭，昔日的好友分道扬镳，无坚不摧的小分队这样的结局令人心情沉重。

一个国家要强大，要立于世界之林，必须统一！

"保卫和平，伸张正义"是我们创作"李昌钰探案纪实"系列的宗旨，而以《克罗地亚枪声》作为首篇，是我和先生共同的决定。

2019 年 6 月写于新奥尔良

饱经战争创伤的克罗地亚

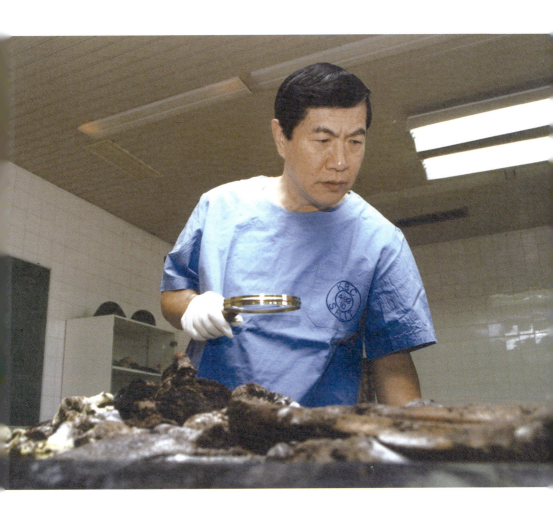

美丽的克罗地亚

图书在版编目（CIP）数据

克罗地亚枪声 / 蒋霞萍著.—北京：中国政法大学出版社，2023.11
ISBN 978-7-5764-1174-4

Ⅰ.①克… Ⅱ.①蒋… Ⅲ.①纪实文学—中国—当代 Ⅳ.①I125

中国国家版本馆CIP数据核字（2023）第213576号

书 名 克罗地亚枪声
KELUODIYA QIANGSHENG

出版者 中国政法大学出版社

地 址 北京市海淀区西土城路25号

邮 箱 bianjishi07public@163.com

网 址 http://www.cuplpress.com

(网络实名：中国政法大学出版社)

电 话 010-58908466(第七编辑部) 010-58908334(邮购部)

承 印 北京中科印刷有限公司

开 本 720mm×960mm 1/16

印 张 15

字 数 180千字

版 次 2023年11月第1版

印 次 2023年11月第1次印刷

定 价 56.00元